Annette G. Krupka

Die Rache der Kali

2 Fall um Detective Inspektor Peter Brown und
Jane MacKenzie

Impressum

© 2020 Annette Gisela Krupka
Herstellung und Verlag: BoD – Books on Demand,
Norderstedt
ISBN 9783750459946

Das Buch

Der junge Inder Gopal Shigh soll den Vater seiner Studienfreundin in Oxford ermordet haben. Die Beweislage scheint eindeutig, aber der junge Mann schweigt.

Jane MacKenzie begleitet ihre Großmutter, Lady Dora, nach Indien. Aber nicht nur um das Land kennen zu lernen, sondern Informationen über Gopal zu sammeln.

Im Hotel dessen Familie spielen sich seltsame Dinge ab. So erleidet Lady Dora plötzlich einen mysteriösen Jagdunfall.

Auch Jane gerät in höchste Gefahr und bereitet Detective Inspektor Peter Brown in London mehr als nur Kopfzerbrechen.

Kapitel 1

Lady Dora schnarchte.

Mit leicht geöffnetem Mund lag sie im Sessel, die Hände graziös über der Brust gefaltet. Der Ton steigerte sich und eine der Stewardessen kam näher.

Jane winkte ab. Die Stewardess lächelte und zog sich zurück.

Noch drei Stunden bis Delhi.

Jane klappte ihr Buch zu, legte es zur Seite und sah ihre Großmutter an.

Für ihre knapp 80 Jahre war Lady Dora eine attraktive Frau, groß und schlank, das Haar dunkel getönt und bestens frisiert.

Dank der Errungenschaften der modernen Kosmetikindustrie hielten sich auch Fältchen und Hautdefekte in Grenzen.

Neben der körperlichen Attraktivität konnte Lady Dora auch mit geistigen Fähigkeiten aufwarten.

Allerdings besaß sie eine äußerst spitze Zunge, die Jane, ihre Enkeltochter, des Öfteren zu spüren bekam.

Jane ließ sich tiefer in den Sessel der Business Class zurückgleiten und begann, mit den Füßen kreisende Bewegungen durchzuführen.

Zehn Stunden Bewegungslosigkeit waren das Schlimmste, was sie treffen konnte.

Die plötzliche Reise nach Indien war nicht Lady Doras Einfall zu verdanken, die Stätten ihre Kindheit zu besuchen. Sie war in Agra geboren und hatte sieben Jahre dort gelebt.

Natürlich hatte sie sich öfters mit dem Gedanken befasst, wieder einmal dorthin zu reisen, aber von Jane war der letzte Impuls gekommen.

„Ich hätte Lust, dass alles einmal zu sehen, von dem du mir immer erzählt hast, Großmama", hatte sie eines Abends gesagt, als Lady Dora wieder einmal in ihren indischen Erinnerungen schwelgte.

Schließlich hatten die Pläne für eine solche Reise konkrete Formen angenommen und Lady Dora glaubte noch immer, es wäre allein ihre Idee gewesen.

Jane lächelte in dem Gedanken daran und stellte ihre Fußübungen ein.

Natürlich kannte sie Lady Doras Erzählungen in- und auswendig.

Ihre Kindheit in Agra, das Internat in Delhi und später in England, ihr Besuch als junges Mädchen in Jaipur und die Eheschließung mit ihrem verstorbenen Mann, Lord Nottingham, der als Colonel in Jaipur stationiert war.

Immer wieder hatte Jane davon gehört, natürlich untermauert von Glorifizierung des alten Empire und Bezug auf die heutige Jugend, wobei sie meist ihre einzige Enkeltochter meinte.

Jane Elisabeth Elinor Dora MacKenzie führte, dank finanzieller Unabhängigkeit, die ihr ihr Vater ermöglicht hatte, ein Leben, wie sie es sich immer gewünscht hatte.

Als Historikerin konnte sie sich der Forschung widmen und nebenbei noch als Fremdenführerin in London und Schottland, dem Ursprungsland ihrer väterlichen Linie, tätig sein.

Sicher hätte sie damit genügend zu tun und ihre Ambitionen ihre, zugegeben nicht gerade unkomplizierte Großmutter, nach Indien zu begleiten, wären nahe Null gegangen, wäre da nicht Professor James Downsand und ein mysteriöser Mord in Oxford gewesen.

Für Polizei und Presse war der Mord alles andere als mysteriös, denn man hatte einen Täter und auch ein scheinbares, wenn auch spekulatives Motiv.

Das Opfer, ein angesehener Bürger Oxfords, Immobilienmakler, sehr wohlhabend, Mister Roger Patton.

Seine Tochter Francis, sein einziges Kind aus erster Ehe, studierte in Oxford und brachte ihren Mitkommilitonen, Gopal Shigh, Sohn eines reichen, indischen Hoteliers, mit nach Hause.

Eine Weile verkehrte der junge Mann scheinbar freundschaftlich mit der ganzen Familie, die außer Mister Patton aus seiner Tochter Francis und seiner zweiten Ehefrau Patricia bestand.

Am Abend des 10. Januar wurde die Polizei von der völlig aufgelösten Francis Patton gerufen.

Im Kaminzimmer lag ihr Vater, erstochen mit einem langen, indischen Dolch aus seinem eigenen Besitz.

In der riesigen Blutlache saß, schweigend, mit blutverschmierten Kleidern und Händen, Gopal Shigh, der junge Student und Freund der Familie.

Widerstandslos ließ er sich festnehmen und schwieg.

Die Polizei konnte den vermeintlichen Tathergang rekonstruieren.

Scheinbar war Mister Patton mit dem jungen Mann in Streit geraten. Zeugen hatten ausgesagt, Mister Patton wäre antiindisch eingestellt gewesen und die Freundschaft seiner Tochter zu Gopal hätte ihn keineswegs behagt.

Im Streit habe der junge Mann wahrscheinlich das Messer, dass zu einer umfangreichen Waffensammlung des Hausherrn gehörte, ergriffen und ihn mit drei gezielten Stichen in den Brustbereich getötet.

Dass es keine Abwehrspuren gab, wurde mit dem hohen Blutalkoholwert des Opfers erklärt, fast drei Promille.

Die Spurensicherung fand am blutverschmierten Heft des Messers Gopals Fingerabdrücke, ebenso wie die Fingerabdrücke der gesamten Familie und des Dienstpersonals, aber das war nicht weiter verwunderlich.

Somit schien, für den ersten Moment, alles darauf hinzudeuten, dass Gopal Shigh der Täter war.

Bei der polizeilichen Erstvernehmung schwieg er und auch ein Freund seiner Familie, der ihm als Anwalt zu Hilfe geeilt war, konnte ihm kein Wort entlocken.

Kein Leugnen, kein Geständnis, nichts.

„Eine Statue, nichts weiter", sagt der Detective Inspektor Peter Brown.

Nach zwei Wochen sah es so aus, als würde aus dem Fall ein klarer Indizienprozess werden.

Gerade deshalb sah es eben schlecht für den jungen Inder aus.

Scheinbar hatte er ein Motiv, er war am Tatort, seine Fingerabdrücke waren auf dem Messer, er selbst war blutbeschmiert aufgefunden worden.

Francis Patton sagte aus, bei ihrem nach Hause kommen war die Eingangstür verschlossen, das Personal hatte an diesem Tag frei.

Ein Einbrecher schied somit auch aus, denn die Spurensicherung fand nichts, was darauf hindeuten könnte.

Um die psychische Schuldfähigkeit des jungen Mannes zu prüfen, beorderte man den pensionierten Polizeipsychologen Professor Downsand als Gutachter.

Einmal deshalb, weil er als eine Koryphäe auf dem Gebiet Täterprofile und Gutachten galt, zum anderen wurden Stimmen in der Presse laut, man stürze sich deswegen so bereitwillig auf den jungen Mann als Täter, weil er Inder sei.

„Wir brauchen deswegen einen international anerkannten Experten wie sie, Professor", hatte Detective Inspektor Brown gesagt, als er den Professor in seinem Haus in Windsor aufsuchte.

Dieser behielt sich erst einmal nur vor, den Fall zu prüfen. Aber dann entschied er sich rasch dafür ihn zu übernehmen.

Er saß Gopal Shigh in dem, zugegeben ungemütlichen, Untersuchungszimmer gegenüber.

Der junge Mann hatte den Blick nicht gesenkt, sondern sah ihn an, weder provozierend noch neugierig noch resigniert. Es war auch kein leerer Blick.

Dieser Blick war eher höflich abwartend, gerade zu freundlich. Auch das intelligente, fein geschnittene Gesicht zeigte höfliche Aufmerksamkeit.

Downsand erläuterte mit kurzen, knappen Worten den Grund seines Hierseins.

Und er erhielt darauf auch eine Antwort.

„Ich habe bereits von ihnen gehört, Sir. Sehr erfreut sie kennen zu lernen."

Das waren die einzigen privaten Worte, die der Professor von Gopal Shigh zu hören bekam.

Alle Tests erfüllte dieser mit Konzentration und ruhiger Gelassenheit, aber auf Fragen, gleich welcher Art, antwortete er nicht.

Der Professor glaubte fast, in den samtdunklen Augen so etwas wie Mitleid mit ihm zu erkennen.

Natürlich fragte auch er sich nach dem Motiv.

Dieser junge Mann machte nicht den Eindruck eines Affekttäters auf ihn. Aber sollte die Tat geplant gewesen sein, und wenn ja, warum?

Professor Downsand befragte natürlich auch Francis Patton. Die junge Frau vermittelte ihm einen insgesamt gefassten Eindruck.

„Ich verstehe das alles nicht, glauben sie mir. Gopal war immer ruhig, eher zurückhaltend, auch bei Treffen mit Kommilitonen. Wir beide arbeiten eng zusammen, daher waren wir auch in der Freizeit befreundet."

Downsand hatte Francis in Oxford aufgesucht, in ihrem Elternhaus. Er beobachtete die hübsche dunkelhaarige Frau, die mit ihrem Rücken am Fenster lehnte. „Wie befreundet?"

Sie machte eine abwehrende Handbewegung.

„Das habe ich schon alles dem Detective Inspektor erzählt. Wir hatten nichts miteinander, Gopal und ich. Er macht auch nie, hören sie Professor, nie, dahingehend Annäherungen oder Andeutungen oder sonst etwas. Und ich habe ihm dazu auch keine Veranlassung gegeben."

Downsand glaubte ihr.

„Sprach Gopal von seiner Familie?"

Francis verschränkte die Arme und lief im Zimmer auf und ab. Konzentriert starrte sie auf das helle Teppichmuster zu ihren Füßen.

„Eigentlich sehr selten. Einmal erzählte er von seinem Vater. Er ist ein schwerkranker Mann und wird von der Familie gepflegt. Familienoberhaupt ist de facto sein älterer Bruder. Gopal sprach mit großem Respekt, ja geradezu mit Ehrerbietung von ihm. Ist er denn nicht hier? Ich meine jetzt, wo Gopal..."

13

Sie schwieg, scheinbar wurde ihr bewusst, dass sie sich um einen jungen Mann Sorgen machte, der in dringendem Verdacht stand ihren Vater getötet zu haben.

„Nein. Seitens der Familie ist bisher nichts eingeleitet worden. Nur der Anwalt der Familie, der hier in England für die Geschäfte der Familie Shigh zuständig ist, wurde mit seiner Verteidigung beauftragt. Aber Gopal hat auch nach niemand verlangt. Er schweigt zu allem."

Francis nickte bedächtig.

„Ja, das ist seine Art. Den *großen Schweiger* nannten sie ihn oft. Dabei kann er so charmant und gesprächig sein."

Downsand wollte auf die Familie Shigh zurückkommen und erfuhr nichts aufregend Neues.

Außer dem Bruder und seiner Frau gab es nur noch eine jüngere Schwester, die Gopal sehr liebte und sie hätten sich auch regelmäßig geschrieben.

„Nur ein einziges Mal übte Gopal eine Art Kritik an seiner Familie. Er erzählte mir, dass seine kleine Schwester das College in Agra besuchte. Sie sei eine ausgezeichnete Schülerin, aber habe dieses auf Befehl ihres älteren Bruders beenden müssen. Er habe ihr auch ein Studium verweigert. Sie solle zu Hause bleiben, bis er eine passende Heirat für sie arrangieren würde. Er sagte mir, ich wisse gar nicht wie gut es mir geht, dass ich studieren könne und niemand mir dies verbieten würde. Danach hat er nie wieder etwas in dieser Richtung gesagt."

Francis stellte auch das Verhältnis zwischen ihrem Vater und Gopal Shigh als keinesfalls schlecht dar.

„Papa war erst ein wenig besorgt. Er dachte, Gopal und ich, na sie wissen schon. Als ich ihm dann reinen Wein einschenkte, war er erleichtert und verstand sich auch recht gut mit ihm. Natürlich hatten sie ein paar Streitgespräche. Papas Großvater war noch in Indien stationiert. Sie wissen schon, das war ein heikles Thema und ich versuchte immer davon abzulenken. Aber sonst? Papa schätzte ihn als einen tüchtigen Kerl, wie er es auszudrücken pflegte. Die Sommerferien verbrachte Gopal mit uns allen am Mittelmeer. Wir hatten viel Spaß, obwohl Papa schon drei Wochen eher zurückmusste und danach…"

Francis runzelte konzentriert die Stirn und strich sich die langen Haare aus dem Gesicht.

„Gopal bekam einen Brief von zu Hause. Es war kurz nach den Semesterferien, ich habe es mitbekommen. Danach war er etwas verändert, trauriger, noch ruhiger. Aber nicht aggressiv."

Der Professor nickte.

„Und ihre Stiefmutter, Miss Patton?"

Francis ging zur Tür.

„Ich rufe sie am besten selbst. Patricia, kommst du bitte?"

Was Professor Downsand erwartet hatte, wusste er im Nachhinein wohl selbst nicht. Aber diese junge Frau verschlug ihm dem Atem.

Patricia Patton war kaum älter als ihre Stieftochter Francis und reichte dieser gerade bis zur Schulter.

Sie wirkte zart und zerbrechlich, unterstrichen durch die schwarze Kleidung und die Flut der blonden Haare.

Wie ein wohlerzogenes Schulmädchen reichte sie Downsand die Hand.

„Ich habe bereits von ihnen gehört, Professor."

Sie deutete ihm wieder Platz zu nehmen und setzte sich ihm gegenüber.

Viel mehr neue Erkenntnisse konnte auch sie nicht in die Angelegenheit bringen. Ihre Aussagen deckten sich mit denen von Francis, was den Charakter und das Benehmen des jungen Mannes betrafen.

Sie selbst sprach mit heller, melodischer Stimme, ohne jeglichen Akzent.

Als sie sich zurückzog, erschien es dem Professor, als habe sie alles Licht im Raum mit sich genommen.

Er räusperte sich etwas, denn diese romantische Seite kannte er selbst nicht an sich.

Dann begegnete er Francis spöttischem Blick.

„Sie hat Eindruck auf sie gemacht, nicht wahr, Herr Professor? Das tut sie auf alle Männer. Deswegen wollte Papa sie haben."

Die junge Frau sprach ohne Bitterkeit, aber Downsand wusste was sie meinte.

Mit einer Geste ihrer schmalen Hand schien sie seine Gedanken wegwischen zu wollen.

„Ich verstehe mich mit Patricia gut. Sie hat mir meinen Platz hier im Haus nie streitig gemacht. Und jetzt, nach Papas Tod, erhalte ich die Hälfte des Vermögens. Genauso, wie er es bei der Hochzeit mit

Patricia festgelegt hat. Also dahingehend bin ich versorgt. Außerdem habe ich noch das Geld meiner Mutter. Vielleicht finden sie das makaber, Professor, aber ich wollte das nur sagen."

Er nickte.

„Ich verstehe sie, Miss Patton. Werden sie hier wohnen bleiben?"

Francis schüttelte den Kopf.

„Nein, ich werde nach London ziehen, wenn mein Studium beendet ist. Aber das hatte ich schon eher geplant, vor Papas Tod. Aber was wird aus Gopal, glauben sie wirklich, er ist der Mörder meines Vaters?"

Downsand machte eine abwehrende Bewegung und erhob sich.

„Vorläufig glaube ich noch gar nichts. Ich hoffe, der Junge spricht endlich. Auf Wiedersehen, Miss Patton."

Der Detective Inspektor Brown sah den Professor erstaunt an.

„Briefe? Nein, davon haben wir nichts gefunden. Überhaupt, sein Zimmer war geradezu soldatisch einfach und korrekt eingeräumt. Was wir fanden waren Lehrbücher, Aufzeichnungen aus Vorlesungen, zwei, drei private Romane und Wäsche. Sonst nichts was auf die Privatperson Gopal Shigh hindeuten könnte."

Downsand hatte Peter Brown von seinem Gespräch mit Francis Patton erzählt.

„Seltsam, da es laut Miss Patton einen regen Schriftwechsel mit der Schwester gab und einen Brief, auf den Gopal traurig reagiert habe. Haben sie von der Familie etwas gehört?"

Detective Inspektor Brown gab einen undefinierbaren Ton von sich.

„Ich habe die indischen Behörden eingeschaltet. Ich habe sie gebeten, die Familie zu befragen. Erst bekam ich die Antwort, die Familie sei sehr einflussreich und so weiter. Schließlich habe man sie doch befragt und die Familie könne sich Gopal als Täter nicht vorstellen. Basta, nichts weiter."

Als Downsand etwas einwerfen wollte ergänzte der Detective Inspector: „Und dieser Anwalt, ein Mister Separd, ist auch nicht besser. Ein Freund der Familie, dass ich nicht lache. Bisher hat er sich nicht ein bisschen bemüht, Licht in die Sache zu bringen. Ich selbst bin ratlos."

Professor Downsand lehnte sich zurück.

Das Büro von Detective Inspector Brown war hell und freundlich, sein Schreibtisch wirkte allerdings spartanisch.

Nichts erinnerte an die Privatperson Brown. Kein Bild, keine Kaffeetasse mit lustigem Aufdruck, keine Urlaubserinnerung.

Downsand dachte an Detective Inspector Hellow, Browns Vorgänger im Amt. Da standen hier in dem alten Büro, dass damals noch nicht so großzügig renoviert war, auf dem wackeligen Schreibtisch Bilder der sich ständig vergrößerten Familie des Detective Inspektors.

Dazwischen Muscheln vom letzten Urlaub, ein handgemaltes Bild der Enkeltochter Jenny, eine große Dose Bonbons für eventuelle kleine Besucher.

„Warum haben sie eigentlich keine privaten Dinge hier?", fragte er unvermittelt Brown.

Dieser starrte ihn ungläubig an. „Wieso interessiert sie das?"

Downsand lächelte.

„Eine Frage mit einer Gegenfrage beantworten? Aha! Also raus mit der Sprache."

„Private Dinge, gerade hier, machen verletzlich", antwortete Brown nach einer Weile, als er zu merken schien, dass Downsand nicht gewillt war, locker zu lassen.

Der Professor musste an Jane MacKenzie denken, die junge Amerikanerin, die ihnen im Fall des Hyde Park Mörders den wahrhaft Schuldigen geliefert hatte und mit der ihn noch immer eine herzliche Freundschaft verband.

Ihr Verhältnis zu Detective Inspektor Brown hingegen war noch immer sehr angespannt.

„Er versteckt sich nur hinter der kühlen Maske der Arroganz, um nicht verletzt zu werden", hatte sie einmal zornig über Brown gesagt.

„Vielleicht hat Gopal Shigh deswegen alle persönlichen Dinge aus seinem Zimmer verbannt, um nicht verletzlich zu sein. In seinen Raum kamen auch andere Kommilitonen. Vielleicht wollte er verhindern, dass jemand seine Briefe oder Bilder findet. Aber wo sind die Sachen?", spann Downsand Janes Aussage, auf Gopal bezogen, weiter.

Brown lehnte sich entspannt zurück. Ihm war anzumerken wie froh er war, das Downsand seine Frage zu seiner Privatsphäre nur in Verbindung mit dem Fall gestellt hatte.

„Ja, wo? Der Junge wird es uns wohl kaum sagen. Also, wie die Sache jetzt aussieht, wird Anklage erhoben werden. Was meinen sie?"

„Das sie erhoben wird, glaube ich auch und ich befürchte, ich kann es durch ein Gutachten nicht verhindern. Der Junge ist meines Erachtens nach psychisch gesund und sein Schweigen ist Berechnung. Er will nur nichts sagen. Aber ich möchte noch einen indischen Kollegen zu Rate ziehen. Professor Nandun ist derzeit in London und ich habe bereits Kontakt zu ihm aufgenommen. Er ist ein anerkannter Gutachter und vor allem, er ist Inder."

Brown nickte und reichte ihm die Hand.

„Ich hoffe, wir bekommen die Sache bald in den Griff, die Zeitungen sind nicht gerade gnädig mit uns."

„Jane."

Lady Doras Stimme klang verärgert. Die Angesprochene schreckte hoch und sah in die vorwurfsvollen, hellen Augen ihrer Großmutter.

„Du starrst vor dich hin und hörst nicht zu. Ich sagte dir eben, dass ich eine Weile versuchen werde zu schlafen, aber ich denke, ich werde völlig zerschlagen in Delhi ankommen."

Jane hatte keine Lust ihrer Großmutter zu erläutern, dass sie bereits seit Stunden schlief und gemütlich geschnarcht hatte.

Sie hätte es empört von sich gewiesen.

„Natürlich Großmama, auch ich versuche noch ein bisschen zu schlafen."

Um einer weiteren Unterhaltung zu entgehen, schloss sie die Augen.

„Ich stimme mit ihren Untersuchungen völlig überein, verehrter Herr Kollege. Der junge Mann ist, zumindest im strafrechtlichen Sinne, voll zurechnungsfähig."

Professor Nandun saß im Wintergarten seines Londoner Kollegen und genoss eine Tasse Tee, die Missis Nowland, zusammen mit ihrem köstlichen Teegebäck, serviert hatte.

Downsand verbeugte sich leicht in Richtung des etwas fülligen Inders, der den Tee, vor allem aber den Imbiss seiner Haushälterin, sichtlich zu genießen schien.

„Es freut mich, dass sie mit mir konform gehen. Was mich aber mehr interessiert, ist ihre Meinung zu der Sache mit den persönlichen Dingen von Gopal Shigh."

Er hatte seinem Kollegen aus Delhi von den Ergebnissen der persönlichen Durchsuchung in Gopal Shigh Studentenzimmer erzählt.

Mister Nandun stellte seine Tasse ab und warf seinem Gastgeber einen langen Blick zu, dann räusperte er sich.

„Ich denke, irgendwo hat der Junge seine persönlichen Dinge aufbewahrt. Wenn nicht in seinem Zimmer, dann irgendwo, wo er auch Zeit hatte, die Bilder anzusehen, die Briefe zu lesen. Er ist ein traditionsbewusster junger Mann, der die Ehre seiner Familie hochhält und auch die Erinnerungen daran."

Downsand brauchte eine Weile bis er den Sinn des letzten Satzes begriff.

Dann überlegte er, wie er weiter vorgehen konnte, um seinen Gast diskret auszufragen, ohne seine Gefühle zu verletzen.

Er war sich bewusst, dass er sich auf glattem Parkett bewegte. Aber für Zurückhaltung blieb nicht viel Zeit. In allererster Linie ging es darum, den Mörder von Mister Patton zu finden und, falls Gopal Shigh unschuldig war, ihn aus der Sache heraus zu bringen.

„Glauben sie, Gopal könnte jemanden decken? Die Schuld auf sich nehmen? Vielleicht wegen der Familienehre?"

Seufzend zog Professor Nandun die Schultern nach oben, aber ehe er etwas entgegnen konnte, fragte Downsand weiter, jetzt waren ihm auch die Gefühle seines Gastes gleichgültig.

„Wenn es stimmt, dass Mister Patton so antiindisch eingestellt war wie einige Zeugen behaupten, vielleicht steckt mehr hinter der Sache als wir glauben?"

Warnend hob Mister Nandun die Hand.

„Damit gehen sie von Gopals Schuld aus, aber in Wirklichkeit glauben sie an seine Unschuld.

Sie denken, seine Familie ist in die Sache verwickelt, nicht wahr? Um ehrlich zu sein, ich glaube es auch. Und nun sage ich ihnen etwas, verehrter Herr Kollege, was ich der Polizei nie sagen würde und es auch vehement abstreiten würde, ihnen davon erzählt zu haben. Ich kenne die Familie Shigh. Nicht persönlich, aber ich habe viel von ihnen gehört. Es wird viel geklatscht in unserem Land, so wie sie das hier nennen würden. Aber wir sagen, überall ist Wahrheit, auch in Gerüchten. Man weiß, dass Mister Shigh, der alte Herr, sehr fortschrittlich eingestellt ist. Er schickte auch seinen jüngsten Sohn nach England. Nach seinem Krankheitsausbruch übernahm sein ältester Sohn nicht nur die Geschäfte, sondern auch den Familienvorsitz. Der alte Herr ist heute kaum noch ansprechbar und sein Sohn ist das Oberhaupt der Familie. Es ist allgemein bekannt das dieser sehr antibritisch eingestellt ist und man erzählt sich, er wäre Mitglied einer Sekte. Viel weiß man nicht über diese Sekte, bei uns gibt es tausende Sekten und religiöse Strömungen und ständig werden es mehr. Was ich allerdings weiß, ist, dass sie die Göttin Kali anbeten sollen."

Er schwieg und nahm einen Schluck Tee.

„Haben sie Gopal ihre Beobachtungen mitgeteilt?", fragte Downsand.

„Ja, aber er schwieg. Keine Regung, nichts."

„Und? Was glauben sie?"

Downsand erhob sich und sah hinaus in seinen Garten. Der Frühling hatte den noch vor Wochen kahl aussehenden Ort in ein zartes Grün getaucht. Jetzt konnte er wieder jeden Tag hinausgehen, seine geliebten Rosen beobachten, jäten, säen, alles das, was das Leben auf dem Land so angenehm für ihn machte.

„Wir müssten die Möglichkeit haben, die Familie etwas näher unter die Lupe zu nehmen. Vielleicht würden uns einige Beobachtungen oder Hinweise weiterbringen."

Mister Nandun lächelte. Sein breites, dunkles Gesicht eines Südinders nahm einen geradezu verschmitzten Ausdruck an.

„Ich habe ihnen ein klein wenig Vorarbeit geleistet. Immerhin habe ich ein paar…hm… gute Bekannte bei den Behörden, die für ein kleines Trinkgeld gewünschte Informationen geben und auch weiterleiten. Keiner der Familie Shigh hat in den letzten Monaten Indien verlassen. Damit meine ich auch den größeren Verwandtenkreis. Also, eine Mittäterschaft ist so nicht gänzlich ausgeschlossen, aber eher unwahrscheinlich. Es ist schwierig an diese Familie heranzukommen, vielleicht haben sie noch eine Idee?"

Professor Downsand hatte tatsächlich eine Idee. Eine verrückte zwar, aber sie schien ihm durchaus durchführbar.

Zwei Tage später saß auf Professor Nanduns Platz Jane MacKenzie und genoss Missis Nowlands Sahne-biskuits.

Jane war der erklärte Liebling von Professor Down-sands Haushälterin, weil sie einen guten Appetit besaß und ihn auch deutlich zeigte.

Während sie herzhaft in das leckere Gebäckstück biss, beobachteten ihre wachen, grünen Augen ihr Gegenüber. Der Professor zündete sich, reichlich umständlich, eine Pfeife an und schob sie zwischen den Fingern hin und her.

Jane lächelte etwas, legte das Biskuit aus der Hand und lehnte sich in dem dunkelroten Ledersessel zu-rück.

„Wo drückt der Schuh, Professor?", fragte sie un-vermittelt.

Dieser musterte sie versonnen.

Es war ein Jahr her, als sie das erste Mal in diesem Sessel hier gesessen hatte, die junge Amerikanerin mit den schottischen Wurzeln. Wie damals war ihr flammendrotes Haar zu einem straffen Zopf gefloch-ten, der ihr bis zur Taille reichte.

Ihre Kleidung war solide praktisch, wenn auch von bester Qualität und konsequent schottisch.

Über der Bluse trug sie ein Plaid in den Farben der MacKenzies, dass mit einer großen, silbernen Brosche gehalten wurde. Darauf standen die Worte- *Luceo non uro*- Ich leuchte, aber verbrenne nicht.

Dieser Spruch schien für Jane MacKenzie mehr als zutreffend.

Obwohl von eher kleiner, aber kräftiger Statur, wirkte sie durch ihr Temperament, ihre Beweglichkeit, ihren wachen Verstand wie eine leuchtende Kerze.

„Professor?"

Jane blickte fragend in Downsands Richtung, der sich jetzt räusperte.

Dann rückte er seine Pfeife zurecht und sah sie an.

„Ich möchte sie etwas fragen, Jane. Irgendwann hatten sie einmal erwähnt, ihre Großmutter, Lady Dora wolle noch einmal nach Indien. Sie hatte wohl den Wunsch geäußert, dass sie sie begleiten könnten. Wäre jetzt nicht die richtige Zeit dafür? Schließlich wird sie auch nicht jünger."

Jane starrte ihn verdutzt an, dann breitete sich ein Lächeln über ihren Zügen aus. Schließlich begann sie herzhaft zu lachen.

„Aha, der Oxfordmord? Ist unser Detective Inspektor am Ende seines Lateins angekommen und benötigt Hilfe?"

Wild begann Downsand mit seiner Pfeife herumzufuchteln, so dass ein paar Funken auf dem Teppich landeten und geistesgegenwärtig von Jane ausgetreten wurden.

„Um Himmels willen. Er weiß nichts davon und ich will auch nicht wissen, was er dazu sagen würde. Aber ich habe mir gedacht, wenn sie sich im Hotel der Familie Shigh einquartieren und als Historikerin ein paar Nachforschungen anstellen könnten?"

Jane nickte und ergriff erneut ein Sahnebiskuit.

„Naja, das könnte gehen. Großmama wird zwar

überrascht sein, wenn es so schnell geht mit der Reise. Aber das ist mein Problem. Was mache ich mit Hieronymus?"

Das war Janes stolzer Kater, der sie sonst fast überall hinbegleitete und absolute Priorität hatte.

Während ihrer Abwesenheit ließ er sich lediglich von ihrer Tante Marci anfassen und füttern. Es gab allgemein nur wenige Menschen, die das Vertrauen des riesigen Fellbündels besaßen, das durchaus aggressiv werden konnte.

„Ach, Miss Jane, lassen sie ihn doch hier bei uns."

Missis Nowland hatte ihre Worte gehört, als sie neue Biskuit servierte und Tee auffüllte.

Die Haushälterin war eine der wenigen Menschen, die Gnade vor Hieronymus Augen fand. Zweifelsohne weil sie eine exzellente Köchin war und Hieronymus ein Gourmet. Das allerdings war die Theorie des Professors, der den Kater nicht ausstehen konnte.

„Oh", sagte er darum nur und verschüttete fast seinen heißen Tee.

Jane lächelte verschmitzt, bis ihre Grübchen zu sehen waren.

„Entweder Indien oder Hieronymus."

Downsand seufzte ergeben auf.

„Indien und ich plage mich mit dem Fellbündel herum."

Als Missis Nowland sie verlassen hatte, besprachen sie ernsthaft den Fall Gopal Shigh.

Jane wusste nur das, was sie in den Zeitungen gelesen hatte, während der Professor Gopal und seine

Reaktionen mit eigenen Augen beobachtet hatte und mit Informationen von Detective Inspektor Brown aufwarten konnte.

„Glauben sie wirklich, das der Schlüssel der ganzen Sache bei seiner Familie in Indien liegt?"

Janes Zweifel an der Geschichte war an ihrem Gesicht abzulesen. Downsand zuckte die Schultern.

„Irgendwo müssen wir anfangen. Ich habe das Gefühl, mehr nicht, dass der Junge unschuldig ist. Aber warum schweigt er so beharrlich? Wenn er es selbst war, dann könnte er ebenso gut alles gestehen. Er ist doch ein hochintelligenter Bursche. Er weiß, in einem Indizienprozess muss er verurteilt werden. Zu viel spricht gegen ihn."

Jane nickte und erhob sich.

„Also gut, ich treffe meine Vorbereitungen. Wann soll denn der Prozess beginnen?"

„Nächste Woche. Hier in London."

Die junge Frau nahm ihre geräumige Tasche und klemmte sie sich unter den Arm.

„Gut. Ich werde mir den Jungen dabei einmal ansehen. Immerhin sollte ich ja wissen auf was ich mich da einlasse."

Downsand hatte seine Pfeife abgelegt, um seinen Gast zu verabschieden, aber bei Janes letzten Worten schrak er zusammen.

„Er erfährt nichts."

Downsand wusste, dass Jane Detective Inspektor Brown meinte.

„Ich habe übrigens auch keine Lust, mich wieder von

ihm beleidigen zu lassen. Außerdem, sollten wir diesen Fall wieder ohne ihn lösen, wird es ihn sowieso wahrscheinlich umbringen."

Der Professor lächelte und ergriff Janes Hand.

„Sein sie ein bisschen gnädig mit ihm. Er hat sie auf dem Culloden Moor herausgehauen, vergessen sie das nicht."

Lässig zuckte sie mit den Schultern.

„Naja, das war er mir wohl oder übel schuldig. Aber versprochen, ich spiele die unschuldige, amerikanische Bürgerstochter, okay?"

Lachend drückte sie Downsands Hand und verschwand aus dem Wintergarten.

„Ich leuchte, aber verbrennen nicht. Wie wahr, wie wahr", murmelte er und nahm seine Pfeife wieder auf.

Der Prozess gegen Gopal Shigh war eine Sensation und nach den umfangreichen Presseberichten, die reißerisch und wenig informativ aufgemacht wurden, war es selbstverständlich, dass das Interesse an der Sache, an dem Angeklagten selbst und an den Angehörigen des Ermordeten groß war.

Stunden vor Beginn der Verhandlung war der Saal des Gerichtes hoffnungslos überfüllt und immer neu hinzuströmende Schaulustige mussten abgewiesen werden.

Jane MacKenzie hatte einen guten Platz, gleich hinter den Reportern, den ihr Jack Davids, selbst Reporter des „Star" versorgt hatte.

Aufmerksam beobachtete sie den jungen Mann mit dem intelligent geschnittenen Gesicht, der von zwei Vollzugsbeamten hereingeführt wurde.

Er war unauffällig, aber korrekt gekleidet und er setzte sich, ohne von dem Rummel um sich herum auch nur die geringste Notiz zu nehmen, auf den ihm zugewiesenen Platz.

Jack Davids hatte Jane bereits vor dem Prozess alle nötigen Informationen zum Richter, den Geschworenen und dem Staatsanwalt gegeben.

Auch jetzt beugte er sich zurück und flüsterte ihr Details zu. Jane war für ihn eine wichtige Informantin und daher musste er sich gelegentlich dafür bei ihr revanchieren und heute schien eine gute Gelegenheit dazu.

Aber abgesehen davon gefiel ihm Jane MacKenzie auch als Frau sehr gut, obwohl er kein Idealist war und wusste, dass er bei ihr nie landen könnte.

Jane legte ihm gerade die Hand auf die Schulter, um anzudeuten, das es besser wäre zu schweigen.

Das hohe Gericht trat ein und die Anklage wurde verlesen.

Jane beobachtete genau den jungen Angeklagten. Er wirkte weder abwesend noch ängstlich.

Interessiert verfolgte er die Bestandsaufnahme des ihm zur Last gelegten Verbrechens.

Als erster Zeuge wurde Detective Inspektor Brown, der leitende Beamte in diesem Fall, aufgerufen.

Fachlich fundiert und mit gewohnt emotionsloser Stimme schilderte er den Stand der Ermittlungen, legte die Fakten dar, ohne persönliche oder erläuternde Kommentare.

Jane wurde zunehmend unruhig auf ihrem Platz.

Am liebsten hätte sie Peter Brown zugerufen endlich den Mund zu halten. Seine kühle, distanzierte Stimme nervte sie ungemein.

Mein Gott, hier ging es um das Leben eines jungen Mannes, dem ein schreckliches Verbrechen zur Last gelegt wurde und dieser arrogante, selbstgefällige Kerl da vorn dozierte über ihn wie über einen toten Gegenstand. Sie verkrampfte ihre Hände im Schoß und schoss wütende Blicke in den Zeugenstand.

Dann sah sie hinüber zu Gopal Shigh, der unverändert interessiert und aufmerksam den Beschuldigungen des Polizisten lauschte.

Endlich war der Detective Inspector Brown am Ende seiner Ausführungen angekommen und als er dabei war den Saal zu verlassen, streifte sein Blick das Publikum und er erstarrte leicht bei Janes Anblick.

Diese zog es vor ihn zu übersehen und flüsterte leise Jack Davids etwas zu, so dass dieser lächelte.

Hörbar räusperte sich der Detective Inspector und verließ den Gerichtssaal.

Die nächste Zeugin war Francis Patton.

Schwarz gekleidet, aufrecht und sicher, betrat sie den Zeugenstand, ließ sich vereidigen und machte ihre Aussage.

Sie beschrieb Gopal, wie auch bei ihrer Aussage bei der Polizei und Professor Downsand, als liebenswerten, zurückhaltenden Mitkommilitonen mit dem sie eine herzliche Freundschaft verband.

Nie sei es zwischen ihm und ihrem Vater zu ernsthaften Streitigkeiten gekommen.

Am Abend des 10. Januar war sie noch in der Universitätsbibliothek gewesen. Als sie nach Hause kam, schien das Haus leer, die Haustür war verschlossen.

Das Personal hatte frei, also ging Francis in das Kaminzimmer, das von der Straße her nicht einsehbar war und in dem sich ihr Vater abends gewöhnlich aufhielt. Hier fand sie ihn tot auf.

Neben ihm kniete oder saß, hier stockte sie leicht in ihrer Aussage, Gopal.

Völlig in Panik war sie in die Halle gestürmt zum Telefon und hatte die Polizei und den Rettungswagen gerufen.

Nach dieser Aussage, der der ganze Saal andächtig und gespannt gelauscht hatte, wurde Miss Patton entlassen, ohne dass Gopals Anwalt die Chance einer Befragung genutzt hatte.

Überhaupt schien der schmale, sehr dunkelhäutige Inder nicht nur zurückhaltend, sondern inkompetent.

Jane, die Gopals Reaktion beobachten wollte, wurde von einem Raunen des Publikums aufgeschreckt.

Patricia Patton betrat den Gerichtssaal und es war eher ein Auf- als ein Eintritt.

In dem schwarzen, sehr taillierten Kostüm wirkte sie geradezu elfenhaft zart. Auf dem langen, blonden Haar trug sie ein, in Janes Augen albernes, kleines Hütchen mit einem dichten schwarzen Schleier. Diesen schob sie jetzt nach oben um allen den Blick auf ihr, zugegeben interessantes, Gesicht zu gestatten.

Dieses war sehr blass, obwohl Jane sich etwas bissig fragte, ob hier nicht die Kosmetikindustrie nachgeholfen hatte.

Langsam, aber aufrecht, ging sie zum Zeugenstand und ließ sich vereidigen. Dann machte auch sie ihre Aussage.

Sie sei an diesem Tag in London bei einer Freundin gewesen und spät am Abend zurückgekehrt. Als sie eintraf, war bereits Francis, ihre Stieftochter, im Haus sowie die Polizei.

Geschickt verzichtete sie auf simple Tränen oder eine affektierte Stimme. Sie trug alles ruhig und sachlich vor. Überhaupt wirkte sie sehr beherrscht und gewann damit die Herzen aller Anwesenden.

Jane überlegte, welche Ehe sie wohl mit dem fast 30 Jahre älteren, sehr reichen Mann geführt hatte.

Downsand hatte ihr gesagt, die Ehe sei scheinbar glücklich gewesen. Alle befragten Nachbarn, Bekannten und Freunde hätten dies einstimmig bestätigt. Warum nicht, sagte sie sich und warf einen Blick zu Gopal hinüber.

Sein Ausdruck hatte sich verändert, irgendetwas anderes lag in seinen Augen, anders als bisher.

Aber nur einen Augenblick lang und Jane glaubte schließlich, hier etwas hineininterpretiert zu haben, was nicht tatsächlich vorhanden war.

Missis Patton wurde entlassen.

Nun kam noch Henriett Colan, Missis Pattons Freundin, herein. Eine sehr schlanke, beeindruckende Erscheinung, mit aufgestecktem, hellbraunem Haar und einem modisch geschnittenen Hosenanzug.

Sie hatte mit Sicherheit die Siebzig bereits überschritten, hielt sich aber sehr aufrecht.

Sie bestätigte, dass Patricia Patton am besagten Abend bei ihr in London gewesen war. Nach dieser sehr knappen Befragung, die wiederum der Anwalt von Gopal Shigh nicht für eine eigene Befragung nutzte, trat das Gericht in die Mittagspause ein.

„Jane, darf ich sie einladen?"

Jack Davids dachte sich das es wohl einen Versuch wert sei. Sie standen beide auf dem langen Flur und ehe Jane antworten konnte, sah sie sich Detective Inspector Brown gegenüber.

„Mister Davids, ich würde gern mit Miss MacKenzie sprechen. Allein."

Dieser zog sich verärgert zurück und beobachtete die

beiden aus gebührender Entfernung.

Peter Brown hatte vor, gleich zur Sache zu kommen. „Jane, halten sie sich aus diesem Fall heraus."

Am liebsten hätte Jane ihm ein paar unangenehme Dinge ins Gesicht geschleudert, diesem aufgeblasenen, arroganten Detective Inspektor, der sie wie eine pummelige Collegeschülerin behandelte.

Sie verabscheute diesen aufgeblasenen Machotypen in diesem Augenblick aus tiefstem Herzen. Aber ehrlich wie sie immer war, musste sie zugeben, dass er in seinem Fach sehr gut war, ja, sogar einer der Besten. Dies und die Tatsache, dass sie dem Professor versprochen hatte zu schweigen, stimmte sie etwas milder.

„Ich bin auf Jack Davids Einladung hier, nicht mehr. Ab morgen werden sie mich hier nicht mehr sehen, ich reise nach Schottland ab. Also. Viel Spaß bei der Arbeit, Peter."

Mit dem freundlichsten Lächeln, das sie hatte, reichte sie dem sichtlich verwirrten Detective Inspector die Hand und sah sich nach dem Journalisten um, der noch immer in sicherer Entfernung stand.

„Hallo, Jack. Also los. Wohin gehen wir essen?"

Der verdutzte Davids nahm ihren Arm, ehe sie es sich anders überlegen konnte und führte sie hinaus. Peter Brown sah den beiden stirnrunzelnd nach.

„Irgend etwas ist faul an der Sache", murmelte er.

„Verdammt", sagte er und wusste in diesem Moment, dass hinter Jane MacKenzies scheinheiligem Lächeln irgendeine Teufelei von ihr steckte.

Übel gelaunt trat er den Rückzug in sein Büro im Yard an.

„Darf ist das *Savoy* sein?", fragte Davids Jane, deren Arm er noch immer fest in dem seinen hielt.

Im Inneren hatte er schnell die Ausgabe für ein solches sündhaft teures Lunch durchgerechnet. Aber Jane MacKenzie war ihm eine solche Ausgabe, die er sich eigentlich nicht leisten konnte, wert.

Auch Jane wusste das, war aber feinfühlig genug, kein Wort darüber zu verlieren.

Mit einem Stirnrunzeln meinte sie: „Um ehrlich zu sein, Jack, ein Sandwich wäre mir lieber. Ich muss ein wenig Maß halten. Sie wissen schon."

Dabei lächelte sie schelmisch und Jack wehrte ab. Aber sie einigten sich auf das Sandwich und verließen das Gerichtsgebäude.

Unten angekommen, konnten sie noch einen kurzen Blick auf Patricia Patton werfen, die gerade in einen Jaguar einstieg. Die Wagentür wurde von einem überaus attraktiven, blonden Hünen gehalten, der sich dann ans Steuer setzte und mit ihr davon rauschte. Jack fühlte Janes fragenden Blick auf sich und sandte Gott ein innerliches Stoßgebet des Dankes, bestens informiert zu sein.

„Harry Molder, ein Freund der Familie. War bisher der Juniorpartner in Pattons Büro. Sicher wird er jetzt den Laden für die Witwe führen."

Jane nickte und ging mit Jack weiter.

„Wissen sie", sagte sie nach einer Weile. „Die Familie Shigh ist mir einigermaßen suspekt. Schauen sie sich nur den Anwalt an. Fachlich eine glatte Null. Dabei ist die Familie reich genug, einen Topanwalt zu zahlen. Fast scheint es, als solle Gopal verurteilt werden. Aber warum?"

Sie waren inzwischen an einem kleinen Pub angekommen und Jane belegte einen kleinen Tisch in der Ecke, während Jack Bier und Sandwiches holte.

„Sie brechen morgen nach Schottland auf?", fragte er bedauernd, nachdem er Jane ein Guinness, ihr Lieblingsbier, hingestellt hatte.

Er selbst bevorzugte ein Lager. Jane nahm einen herzhaften Schluck und lehnte sich zurück.

„Gelauscht?", fragte sie lächelnd und amüsiert sich über Jacks leichtes Erröten. Dann wurde sie ernst und schüttelte den Kopf.

„Nein. Aber ich reise tatsächlich nächste Woche ab. Nach Agra. Ich begleite meine Großmutter."

Jack blinzelte etwas mit den Augen und legte sein Sandwich zurück.

„Es besteht wohl nicht zufällig ein Zusammenhang mit diesem Fall, oder?"

Hart setzte Jane ihr Bierglas auf, das sofort überschwappte und ihren Rock tränkte.

Leise fluchend rieb sie mit dem Taschentuch über die Flecken und funkelte Jack wütend an.

„Journalisten. Immer alles wissen, was?"

Dann strich sie sich über das Gesicht und ergriff plötzlich seine Hand, die neben seinem Bierglas lag.

„Hören sie Jack. Ja, es geht um den Fall. Wenn ich etwas herausbekomme, verspreche ich Ihnen die ersten Informationen, exklusiv. Aber wenn sie Brown gegenüber nur ein Wort verlieren, dann, dann ...“

Mit einem grimmigen Blick musterte sie ihn.

„Dann erfahren sie von mir nie wieder etwas.“

Feierlich hob Jack die Hand.

„Kein Wort. Ich verspreche es. Aber Indien ist gefährlich. Derzeit werden zwei englische Touristinnen vermisst, wissen sie das nicht?“

Jane stöhnte auf.

„Ja doch, Jack. Lassen sie mich in Frieden mit ihren Geschichten von Mord und Todschlag. Ja, Kaschmir ist gefährlich. Aber sie wittern hinter allem etwas.“

„Aber haben sie es denn nicht gelesen, dass...“

„Punkt und Schluss jetzt.“

Mit einer Geste schnitt ihm Jane das Wort ab.

„Ich denke, wir gehen jetzt zurück. Ein bisschen frische Luft tut uns gut. Also los.“

Behände sprang sie auf und Jack stopfte sich hastig den Rest seines Sandwich in den Mund und spülte alles mit seinem Lager hinunter.

Als er Jane an der Tür einholte und ihr ritterlich den Arm anbot nahm sie den, zu seinem unglaublichen Glück, tatsächlich wieder.

Und das obwohl kein Peter Brown in der Nähe war, den sie damit hätte ärgern können.

Als Jane am frühen Abend zu Missis Hobert zurück-
kehrte, begann es leicht zu nieseln und ein dichter
Nebel aufzuziehen. Jane lief schneller in der Vorfreu-
de auf einen gemütlichen Abend am Kamin mit Hieronymus auf den Knien.

Missis Hobert besaß ein ansehnliches Haus in
Kensington, dass sie nach dem Tod ihres Mannes,
eines Richters der Krone, teilweise an vornehme Gäste vermietete.

Das Jane zu diesen wenigen Auserwählten gehört,
hatte sie nicht der Tatsache zu verdanken, dass sie
die Erbin des Baugiganten MacKenzie war, sondern
die Enkelin von Lady Dora Nottingham, geborene
Wonderbay.

So bewohnte Jane während ihrer Londoner Aufent-
halte mehrere geräumige Zimmer in Hobart Hall mit
Vollverpflegung und allen Annehmlichkeiten, die sie
sich wünschen konnte.

Natürlich hätte sie bei ihrer Großmutter wohnen
können, die nur zwei Straßen weiter ein Haus bewohnte, gegen das Hobert Hall sich äußerst bescheiden ausnahm.

Aber Jane hatte frühzeitig erkannt, dass ein Zusam-
menleben mit ihrer Großmutter nicht unbedingt rat-
sam wäre.

War sie allerdings in Inverness unterwegs, wohnte
sie bei Verwandten ihres Vaters. Überhaupt hatte sie,
trotzdem sie ein Einzelkind war, eine schier unüber-
sehbare Anzahl an Cousins und Cousinen, Tanten
und Onkel, Großtanten und Großonkel väterlicher-

seits.

Mit der eigenen Gastfreundschaftlichkeit der Schotten und der jahrhundertealten Tradition des Zusammenhalts innerhalb des Clans, fand Jane überall herzliche Aufnahme. Ganz gleich ob es in Schottland oder Amerika war oder irgendwo anders auf der Welt, je nachdem wohin es einen MacKenzie verschlagen hatte.

Mütterlicherseits hatte Jane nur wenige Verwandte und die meisten hatten ihr deutlich spüren lassen, wie sehr man es verurteilte, dass Elinor Nottingham einen Amerikaner geheiratet hatte, einen Neureichen, der dazu noch schottisches Blut in seinen Adern hatte.

Elinor Nottingham war im Alter von 34 Jahren nach langer Krankheit gestorben.

Jane war damals gerade 15 Jahre alt. Sie hatte in einem Schweizer Internat gelebt, einer katholischen Klosterschule, die unmittelbar neben dem Sanatorium lag, wo ihre Mutter untergebracht war.

Mit 15 Jahren ging sie zurück zu ihrem Vater, der sie zwar so oft besucht hatte, wie es irgend möglich war, aber trotz dem Verlust seiner Frau glücklich war, das Mädchen wieder in seiner Nähe zu haben.

Jane besucht das College und als sie den Wunsch äußerte, Geschichte zu studieren, versuchte ihr Vater keine Minute es ihr auszureden. Obwohl er wohl enttäuscht war, das sie nicht seine Nachfolgerin werden würde.

Sie studierte also in Harvard, später in Oxford und

Cambridge und er war sehr stolz auf sie, als sie alle Examen mit Auszeichnung bestand.

Jane war gerade als Begleiterin einer amerikanischen Gruppe in Schottland unterwegs, als die Privatmaschine ihres Vaters über dem Atlantik abstürzte.

Die Tatsache, plötzlich ohne Vater und Mutter dazustehen, ließ sie geradezu versteinern.

Sie war nicht in der Lage nach Amerika zu fliegen, um an der Beerdigung ihres Vaters teilzunehmen, den man aus den Trümmern seiner Maschine geborgen hatte.

Teilnahmslos saß sie in ihrem Turmzimmer in Black Lake Castle bei Inverness und weder ihre Tante noch sonst jemand gelang es, sie aus diesem Zustand völliger Apathie zu reißen.

Es war Lady Dora Nottingham, die sich nach Marci MacKenzies verzweifelten Anruf sofort auf den Weg gemacht hatte, Jane dazu zu bewegen mit ihr gemeinsam nach Amerika zu fliegen.

Jane klangen noch heute die Worte ihrer Großmutter im Ohr.

„Jane, ich war bei Gott nicht begeistert von dem Gedanken als deine Mutter deinen Vater heiratete. Aber er war ihr ein guter Ehemann und dir ein guter Vater. Als Ellinor starb, glaubte ich vor Schmerz wahnsinnig zu werden. Sie war mein einziges Kind. Aber ich habe gelernt, mich zu beherrschen. Du bist meine Enkeltochter und du kannst es auch. Er ist dein Vater und er hat ein Recht darauf, dass du an seinem Grab stehst."

Jane hatte die Augen gehoben und in das schmale, scharf geschnittene Gesicht ihrer Großmutter gesehen. Dann schüttelte sie langsam den Kopf.

„Ich bin nicht so stark wie du, Großmama. Bitte lass mich."

Eine schmale Hand legte sich auf ihre Schulter.

„Nein, vielleicht bist du nicht wie ich. Aber du bist auch eine MacKenzie und jetzt komm."

Daraufhin hatte Jane sich erhoben und tat alles, was ihre Großmutter ihr sagte.

So sehr sie auch Lady Dora schätzte, so schätzte sie aber auch die räumliche Distanz zu ihr und freute sich trotzdem auf gelegentliche Besuche bei ihr.

Sie hastete die Treppe zu Hobert Hall hinauf und läutete. Robert, das Faktotum des Hauses, öffnete Jane und verbeugte sich leicht.

„Guten Abend, Miss MacKenzie. Ein unangenehmes Wetter heute Abend."

Diese nickte und reichte ihm ihr dickes, wollenes Plaid, das keine Nässe durchließ.

Missis Hobert hielt sehr viel auf Tradition und Etikette und Robert war für sie ein passendes Aushängeschild.

Jane ging nach oben, auf der linken Seite lagen ihre Räume und als sie die Tür öffnete, hörte sie leises Tapsen und dann ein weiches Gefühl an ihren Knöchel.

„Hallo Hieronymus."

Sie beugte sich hinab und streichelte den hellgrauen Kater, der sofort zu schnurren begann.

„Na komm."

Sie setzte sich an ihren Schreibtisch und der Kater sprang mit einem Satz auf die Schreibtischplatte, rieb seinen dicken Kopf an dem ihren und begann rhythmisch zu schnurren.

Jane schloss die Augen und genoss diese Minuten. Alle Spannungen und Hektik des Tages fiel von ihr ab, das Schnurren versetzte auch sie in einer Art Trancezustand, aus dem sie erst durch ein leises Klopfen geweckt wurde.

„Miss MacKenzie? Das Dinner."

Roberts Stimme brachte sie in die Realität zurück.
Ungnädig über diese Störung, ließ Hieronymus ein
Fauchen hören und sprang vom Schreibtisch herun-
ter, während Jane sich auch erhob, um sich für das
Dinner umzukleiden.

„Miss MacKenzie? Noch einen kleinen Imbiss?"

Jane schreckte auf und sah in das freundliche Gesicht der Stewardess. Sie unterdrückte ein Gähnen und warf einen Blick auf ihre Rolex.

Noch zwei Stunden bis zur Landung.

„Ja, noch etwas Tee und zwei von den kleinen Hörnchen, nein, bringen sie drei."

Als die Stewardess sich zurückgezogen hatte, hörte sie ein leichtes Schnauben neben sich.

„Esse nicht so viel, Jane. Es bekommt deiner Figur überhaupt nicht. Ich verstehe nicht, warum du so unbeherrscht bist."

Jane fuhr in ihrem Sessel nach vorn.

„Großmama, ich bitte dich."

Wütend starrte sie nach vorn, wo die Stewardess sich bereits mit dem Bestellten näherte.

„Lady Dora, wünschen sie auch noch einen Imbiss?"

Hoheitsvoll schüttelte diese den Kopf und ließ noch einen missbilligenden Blick über das üppige Tablett ihrer Enkeltochter gleiten. Aber scheinbar war sie zu der Erkenntnis gekommen, dass ein weiteres verfolgen des Themas sinnlos wäre.

Also ergriff sie ein Buch und begann zu lesen.

Trotz der Kritik schmeckte ist Jane ausgezeichnet. Außerdem gehörte es zu ihrem Naturell, ihrer Großmutter gegenüber in keiner Weise nachtragend zu sein und so konnte sie schon eine Viertelstunde später zufrieden lächelnd ihr Tablett von sich schieben und sich ihrer lesenden Großmutter zuwenden.

„Was wollen wir uns in Neu-Delhi ansehen?"

Lady Nottingham klappte geräuschvoll ihr Buch zu und lehnte sich zurück. Scheinbar war sie nicht gewillt, so schnell über die neuerliche Verfehlung ihrer Enkeltochter hinweg zu gehen und musterte diese mit einem kühlen Blick.

„Ich dachte, du hättest dich etwas belesen über das Land, in das du reist?"

Das war ein Seitenhieb auf die Historikerin, denn Lady Dora war nie mit der Berufswahl ihre Enkeltochter einverstanden gewesen.

„Nun, ich lasse mich von dir überraschen, dachte ich mir so", antwortete sie mit einem strahlenden Lächeln, sie würde sich nicht auf dieses Glatteis bewegen.

Die Landung erfolgte ohne Zwischenfälle und der Flughafen in Neu-Delhi war für Jane ein Schock.

Scheinbar funktionierte keine Lüftung, die Luft war heiß, verbraucht und hatte einen muffigen, abgestandenen Geruch. Überhaupt wirkte der Flughafen insgesamt etwas vernachlässigt und grau.

An der Passkontrolle gab es Schwierigkeiten.

Eine Mitarbeiterin versuchte in dem Chaos auf Englisch zu vermitteln. Plötzlich nahm Lady Dora in der Landessprache, zur sichtlichen Verblüffung aller umherstehenden Einheimischen und ihre Enkeltochter, die Sachlage selbst in die Hand.

Der erstaunte Beamte drückte ihr schließlich den Pass ohne weitere Kommentare in die Hand.

„Du sprichst Hindi?", fragte Jane, nachdem sie sich von ihrem Erstaunen erholt hatte und versuchte, den langen, energischen Schritten ihrer Großmutter zu folgen.

„Ich bin hier geboren, Kind und jetzt komm."

Sie winkte einen der zahlreichen Träger heran und ließ das Gepäck in eines der wartenden Taxis verladen.

Auch draußen war die Luft nicht besser.

Es war drücken heiß und über der Stadt lag ein dicker Smog. Jane spürte, wie bereits jetzt ihr der Schweiß aus allen Poren rann und sie stöhnte hörbar auf.

„Draußen auf dem Land wird es besser werden und du wirst dich an die Hitze gewöhnen", sagte plötzlich ihre Großmutter und drängte sie auf die Rückbank des Taxis.

„Je schneller wir in unser Hotel kommen, umso besser."

Sie gab ihre Anweisungen an den Taxifahrer und unwillkürlich musste Jane über das erstaunte Gesicht des Fahrers lächeln, der bei dieser englischen Dame wohl kein perfektes Hindi erwartet hatte und nur stumm nickte.

Die Fahrt ging durch einen sehr chaotischen Feierabendverkehr zum *The Oberoi*.

Das Hotel hatte Lady Nottingham ausgesucht.

Jane hatte schon alle Überredungskunst genutzt, um ihrer Großmutter das Hotel von Familie Shigh bei Agra einzureden. Danach hatte sie sich bei allen weiteren Vorschlägen zurückgehalten.

Der Taxifahrer schien ein gutes Trinkgeld zu wittern und glaubte, englische Ladies wünschten wohl schnellstens an ihr Ziel zu kommen.

Jedenfalls jagte er mit atemberaubender Geschwindigkeit durch das Verkehrschaos, dass nicht nur aus Autos und Bussen, sondern auch aus Fahrradrikschas, Kühen und Dromedarkarren bestand.

Einige der Kühe hatten sich, ungeachtet der Verkehrssituation, gemütlich auf einer Kreuzung niedergelassen und alle anderen Verkehrsteilnehmer umrundeten sie mit heftigem Hupen, Pfeifen oder Schreien.

Als Jane aus dem Taxi stieg, dessen Wagenschlag ein abenteuerlich gekleideter Inder aufhielt, war sie leichenblass und hatte deutliche Magenprobleme.

Ihrer Großmutter schien es gut zu gehen. Zwar verstand Jane nichts von dem, was sie mit dem Taxifahrer besprach, aber beide lachten und nach den heftigen Verbeugungen zu schließen, war das Trinkgeld sogar noch größer als erwartet ausgefallen.

Erleichtert atmete Jane in der klimatisierten Hotellobby auf und ließ sich in einen der hellen Ledersessel gleiten.

Sofort eilte ein Kellner herbei und reichte ihr ein Glas frisch gepressten Orangensaft, den sie dankbar annahm.

Der Miene ihrer Großmutter konnte sie entnehmen, dass sie sich nicht ladylike benahm. Also rappelte sie sich auf, nahm lächelnd ihre Blumengirlande entgegen, die ihr eine zierliche Inderin in einem leuchtend roten Sari überreichte und folgte ihrer Großmutter und einem Pagen zum Lift.

Lady Dora hatte ein schönes Apartment gemietet mit zwei Schlafzimmern und einem Salon.

„Bevor wir irgendetwas unternehmen, werde ich duschen und schlafen", sagte Jane energisch, während eine junge Frau die Kleidung der beiden Gäste aus den Koffern aus- und in die Kleiderschränke hinein räumte.

Lady Dora zuckte die Schultern.

„Mein Gott. In deinem Alter habe ich die ganze Nacht durchgetanzt und bin früh ausgeritten.

Apropos. Gibt es in diesem ominösen Hotel, dass du für uns gebucht hast, überhaupt Pferde?"

Jane seufzte.

„Ja, Großmama, Pferde und einen Golfplatz. Und jetzt entschuldige mich. Bis nachher."

Jane hatte die besondere Eigenschaft nach zwei Stunden Schlaf frisch und munter und vor allen Dingen erlebnishungrig zu sein.

Sie wählte ein sandfarbenes Sommerkostüm mit langem Rock, flocht ihr Haar und begab sich in die Lobby, wo sie ihre Großmutter beim Tee antraf.

Ein älterer Inder mit fein geschnittenem Gesicht und einer goldumrandeten Brille leistete ihr Gesellschaft und erhob sich bei Janes Eintritt.

„Ah, meine Enkeltochter, Jane MacKenzie. Jane, das ist Doktor Safin. Er ist sozusagen ein Berufskollege von dir und wird uns durch Neu-Delhi führen. Der Manager hat ihn mir empfohlen."

Lächelnd reichte ihm Jane die Hand und fühlte den leicht ungläubigen Blick auf sich ruhen.

„Sie sind auch Historiker, Doktor Safin?"

Als dieser nickte, nahm Jane Platz.

„Ich ebenfalls. Es freut mich, das ich mich auch einmal verwöhnen lassen kann mit Wissen."

Nach dem ersten Abtasten entwickelte sich schnell ein Gespräch zwischen den beiden, dem Lady Dora leicht belustigt, leicht verärgert folgte.

Schließlich erhob sie sich.

„Vielleicht sollten wir uns noch etwas von Neu-Delhi ansehen, statt wissenschaftliche Dispute zu führen?"

Pflichtschuldig erhoben sich die beiden und folgten Lady Dora, die bereits zum Ausgang strebte.

Mit einem Wagen des Hotels ging es zum Roten Fort, wo sie bereits beim Aussteigen von Bettlern und Händlern umringt wurden.

Die Hitze hatte nicht nachgelassen und die Masse der Menschen, die sie jetzt wie ein dichter Pulk umgab, machte die Luft keinesfalls besser.

Doktor Safin gestikulierte wild umher, rief einige Worte laut in die Menge, die sich plötzlich zerstreute. Lächelnd deutete eher auf das Portal.

„Bitte, Ladys. Treten sie ein."

Als sie zwei Stunden später das Fort verließen, winkte der Historiker drei Fahrradrikschas heran.

„Ich dachte, eine Fahrt durch die Altstadt würde sie amüsieren."

Lady Dora kletterte in das Gefährt und zeigte sich ziemlich deutlich wenig amüsiert, während Jane lachend ihren langen Rock schürzte und ebenfalls einstieg.

Die nun folgende halbe Stunde allerdings würde sie nicht so schnell vergessen. Hatte sie die Fahrt im Taxi durch die verkehrsreichen Straßen schon verunsichert, jetzt war völlig die Hölle los.

Ihr Fahrer, ein junger Südinder, seinem Teint nach zu schließen, lächelte ihr mehrfach zu. Aber irgendwann konnte sie das Lächeln nicht mehr erwidern.

Sie hielt sich krampfhaft an den Seiten des schmalen Wagens fest, als sie unter Hupen und Reifenquietschen und vorbeifahrenden Autos eine Kreuzung überquerten, um dann in die schmalen Gassen der Altstadt einzubiegen. Diese waren so reich an Schlaglöchern, dass sie ständig hochgeschleudert wurde.

Es schien unmöglich in dieser Enge einem entgegenkommenden Fahrzeug auszuweichen und obwohl sie sich mehrfach in der Rettungsambulanz eines indischen Krankenhauses sah, konnte sie, zugegeben etwas steif und mit erhöhtem Puls, die Riksha an der Freitagsmoschee heil und gesund verlassen.

Sie traf ihre Großmutter und Doktor Safin in einem heiterem Gespräch verwickelt.

„Ach Kind, da werden Erinnerungen wach", schwärmte Lady Dora und Jane nickte nur leicht.

„Oh. Hat ihnen der Ausflug nicht gefallen, Lady Jane?", erkundigte sich der Historiker betroffen und beim Anblick seines traurigen Gesichtes musste Jane wieder lachen.

„Nur Jane, bitte. Doch, doch. Es war eine Bereicherung."

Zufrieden mit dieser Aussage deutete Doktor Safin die gewaltigen Treppen hinauf zur Freitagsmoschee, Yami Masjid, der drittgrößten Moschee der Welt.

„Bitte. Kommen sie."

Sie stiegen gemeinsam die Treppen hinauf und mussten bereits auf dem Vorplatz ihre Schuhe abgeben, die von einem Inder gegen ein kleines Entgelt bewacht wurden.

Der kochend heiße Boden war ein Schock für Jane und sie sprang nicht ganz ladylike und sehr zum Gaudium der umstehenden Inder von einem auf den anderen Fuß, bis sie von ihrer Großmutter angestoßen wurde. Diese reichte ihr ein Paar Socken und einige ernste Blicke.

Mit einem Seufzer schlüpfte Jane in die Socken und folgte ihrer Großmutter und Doktor Safin in das Innere.

Erst spät kehrten sie ins Hotel zurück und nach einem Bad rief Jane, wie versprochen, Jack David an. „Alles in bester Ordnung. Wir bleiben noch zwei Tage hier und dann geht es endlich nach Agra. Von dort melde ich mich wieder", hinterließ sie auf seinem Anrufbeantworter und zog sich dann zum Dinner um.

Zwei Tage später fuhren Jane und Lady Dora in Richtung Agra.

Der Abschied von Doktor Safin war Jane schwergefallen. Der bescheidene Wissenschaftler verfügte über einen ungeheuren Fundus an Wissen und Geschichten, die er zwei Abende lang vor seinem dankbaren Publikum ausgebreitet hatte.

Schon aus diesem Grund wäre Jane gern noch länger in Neu-Delhi geblieben, aber erstens war die Luft in der Stadt nahezu unerträglich und zweitens hatte sie in Agra eine wichtige Aufgabe zu erfüllen.

Interessiert betrachtete sie durch das Fenster des Wagens das Leben draußen.

Die Straßen waren in einem miserablen Zustand und obwohl Tausende von Menschen täglich an und auf ihnen arbeiteten, schien es wie eine endlose Geschichte. Lady Dora schaute nur ab und zu nach draußen, sonst hatte sie den kleinen Vorhang zugezogen, der sie vor der direkten Sonneneinstrahlung schützen sollte.

„In den letzten 60 Jahren hat sich nichts verändert", meinte sie lakonisch und schloss die Augen.

Das Hotel *Saphir* der Familie Shigh lag außerhalb von Agra und in einem riesigen, herrlichen Park.

Laut Doktor Safin, den Jane natürlich diplomatisch sondiert hatte, war das Hotel das ehemalige Jagdhaus eines Maharadschas.

Das weiße Gebäude, das jetzt am Ende einer mit Platanen gesäumten Allee sichtbar wurde, war groß, wirkte aber zierlich durch filigrane Steinmetzarbeiten, die aus der Ferne wie Spitze aussahen.

Es hatte einen eleganten Säulengang sowie eine geschwungene Freitreppe, die zu schweben schien.

Ein dunkelhäutiger Südinder öffnete den Wagenschlag und verneigte sich tief.

„Memsahibs. Ich begrüße sie."

Zwei junge Mädchen legten ihnen die obligatorischen Blumenkränze um und dann erschien auf der Treppe ein kleiner, beleibter Mann. Er hatte keinerlei Ähnlichkeit mit dem gutaussehenden Gopal, aber Jane bezweifelte keine Sekunde, hier vor dem Bruder Gopal Shighs zu stehen.

Dieser legte die Hände gefaltet vor die Stirn und verneigte sich.

„Lady Dora, Lady Jane. Darf ich sie in unserem Hotel begrüßen?"

Mit einer Geste wies er nach oben. Lady Dora nahm ihrer Handtasche und blickte sich zufrieden um.

„Nun. Der erste Eindruck ist sehr gut, meine Liebe", sagte sie leise zu Jane und diese lächelte, teils erleichtert, in sich hinein.

Auch wenn sie bis zu diesem Zeitpunkt nicht wusste, wie sie Gopal helfen sollte, war es trotzdem wichtig, dass ihre Großmutter sich hier wohl fühlte und sie in dieser Hinsicht keine Probleme hatte.

Das Innere des Hotels erwies sich als ebenso erlesen wie das Äußere.

Alles in weißem Marmor, mit üppigem Blumenschmuck, Wasserspielen und auch hier setzte sich die filigrane Freitreppe nach oben fort.

Gerade wollte Hari Shigh seine Gäste nach oben geleiten, als ein Mann mit weißem Turban die Treppe herunterkam.

Der Geschäftsführer verneigte sich tief. „Hoheit."

Der Mann blieb stehen und streifte mit einem Blick die beiden neuen Gäste.

Hari Shigh übernahm die Vorstellung.

„Seine Hoheit, der Rana von Kartun, Lady Dora Nottingham und ihre Enkeltochter, Lady Jane."

Seine Hoheit verneigte sich höflich. „Myladys."

Lady Dora musterte ihn von oben bis unten, dann erschien ein Lächeln auf ihrem Gesicht.

„Es freut mich sie zu sehen, Hoheit. Ich hatte die Ehre ihren Großvater zu kennen."

Jane atmete tief durch. Draußen war es kochend heiß. Sie hatten stundenlang im Auto gesessen und obwohl das Hotel wunderbar klimatisiert war, hatte sie nur einen Wunsch. Eine Dusche und frische Kleidung. Stattdessen musste sie warten, während ihre Großmutter mit einem, zugegeben gutaussehenden, Inder Erinnerungen austauschte.

Dieser hatte scheinbar ihre etwas abweisende Miene richtig gedeutet.

„Es wäre mir eine Freude, nachher beim Tee mit ihnen zu plaudern, Lady Dora. Werden sie und ihre Enkeltochter mir die Freude machen?", sagte er mit einer weichen englischen Aussprache und als er sich verneigte, funkelten seine Augen etwas spöttisch. Ärgerlicherweise fühlte Jane wie sie auch noch errötete. Mit einem kurzen Kopfnicken ging sie nach oben.

„Jane. Du bist heute ungewöhnlich launisch, das kenne ich sonst nicht von dir", kritisierte ihre Großmutter, als sie die Zimmer erreichten und Mister Shigh sich verabschiedet hatte.

„Mir ist unglaublich warm. Bitte entschuldige", entgegnete Jane und sah sich in dem riesigen Badezimmer um.

Lady Dora nahm ihren Hut ab und schüttelte ihr Haar.

„Ich weiß nicht, was aus der heutigen Jugend noch werden soll."

Jane schlug leicht die Augen nach oben. Aber ehrlicherweise musste sie ihre Großmutter zugestehen, dass diese trotz langer Autofahrt frisch und gepflegt wirkte.

Nach einem erfrischenden Bad in wunderbar duftendem Mandelöl entschied sich Jane für ein langes, dunkelgrünes Kleid und legte sich ihr Plaid über die Schulter.

Sie würden das Hotel nicht verlassen und die Klimaanlage rechtfertigte eine solche Bekleidung.

Schweigend musterte Lady Dora, in ein hellgraues Kostüm mit passendem Hut gekleidet, ihre Enkeltochter, sagte aber nichts. Jane wusste, dass sie ihre, demonstrativ zur Schau getragenes Schottenbekenntnis zwar nicht mochte, aber akzeptierte.

„Gehen wir", sagte sie also und sie gingen in den sehr intim eingerichteten Teesalon. Dort wurden sie bereits von seiner Hoheit erwartet.

Er erhob sich beim Eintritt der beiden Damen. Als sie sich gesetzt hatten, gab er einem Diener ein Zeichen den Tee zu servieren.

Jane hatte inzwischen Gelegenheit ihn genauer zu betrachten. Er war ungefähr Mitte 30 und hatte die helle Haut der Nordinder.

Neben dem gutaussehenden Gesicht waren es vor allem seine Hände, die Jane faszinierten. Sie waren schmal, aber kräftig und gebräunt und er trug als einzigen Schmuck einen großen Siegelring.

Sie hatte nicht bemerkt, dass auch er sie betrachtete.

„Erlauben sie die Frage, Lady Jane, sie tragen ein schottisches Plaid. Ich dachte, sie sind Engländerin?"

Jane nahm sich zwei Stück Zucker in den Tee und rührte ihn langsam um.

„Ich bin Amerikanerin, Hoheit. Zu einer Hälfte stammt meine Familie aus England, zur anderen Hälfte, also väterlicherseits, aus Schottland. Mein Name ist MacKenzie und die Anrede Lady Jane ist also falsch. Nennen sie mich doch einfach Jane."

Lady Dora stöhnte bei diesem Fauxpas leise auf.

Seine Hoheit verneigte sich leicht.

„Ich danke ihnen. Aber nur unter der Bedingung, dass sie mich Dasan nennen. Auch ich habe in Amerika studiert und kenne die dort herrschende Gepflogenheit, sich mit Vornamen anzusprechen", sagte er zu Lady Dora und Jane musste über diesen taktischen Schachzug seinerseits lächeln.

Sie unterhielten sich noch eine Weile über seinen Aufenthalt in Amerika.

Dann sprach Lady Dora von seinem Großvater, dem damaligen Rana, als sie selbst ein junges Mädchen war und Jane begann sich etwas zu langweilen.

Sie trank schon die vierte Tasse Tee und ließ sich in die weichen Samtkissen zurückgleiten.

Ihr fiel ein, dass sie unbedingt Jack David anrufen musste. Sie hatte es ihm nun einmal versprochen.

Plötzlich bemerkte sie, dass das Gespräch eine Wendung erhalten hatte. Der Rana sprach davon die Familie Shigh schon mehrere Jahre sehr gut zu kennen. Er verbrachte immer einige Wochen im Jahr hier und besuchte sie auch privat auf ihrem Grundstück.

Dieses lag nur wenige Meilen von ihrem Hotel entfernt. Jane sah jetzt eine einmalige Gelegenheit.

Sie beugte sich etwas nach vorn.

„Hoheit, ich meine Dasan. Dürfte ich eine Bitte äußern? Ich möchte einige Interviews mit indischen Familien führen und eine so angesehene Familie wie die Shighs wäre mir sehr willkommen. Nun weiß ich nicht, wie ich darum bitten soll, ohne unhöflich zu erscheinen oder einen Fehler zu begehen. Könnten sie mir vielleicht helfen?"

Jane konnte ihre wunderbar grünen Augen bei Bedarf sehr wirkungsvoll einsetzen. So auch jetzt.

Während ihre Großmutter erst sprachlos war und dann geräuschvoll die Luft einsog, nickte der Rana.

„Aber natürlich. Ich bin heute Abend eingeladen und ich werde fragen, ob ich sie als meine Begleiterin mitbringen kann. Aus Gründen der Gastfreundschaft kann diese Bitte gar nicht ausgeschlagen werden. Ich denke, alles andere ergibt sich dann."

Jane schenkte ihm ihr strahlendes Lächeln und sie verabredeten sich auf 7:00 Uhr.

„Was hast du dir bloß dabei gedacht?"
Lady Dora war empört und scheinbar auch nicht
gewillt, ihren Ärger zu unterdrücken.
„Ich habe ihn gebeten mich mitzunehmen. Großma-
ma, was ist denn so schlimm daran?"
Lady Dora schnitt Jane mit einer Geste ihrer beringten rechten Hand das Wort ab.
Ihren Hut hatte sie abgelegt, aber in dem hellgrauen
Kostüm und dem dezenten Schmuck wirkte sie über-
aus aristokratisch und respektgebietend.
„Dein Verhalten war unerträglich. Erst trägst du sei-
ne Hoheit an, dich beim Vornamen zu nennen.
Selbstverständlich konnte er das nicht ablehnen.
Dann nennst du ihn so selbstverständlich beim Vor-
namen, als wäre er einer deiner Collegefreunde und
nun lädst du dich bei wildfremden Leuten ein und
zwingst seine Hoheit noch, dich dort einzuführen.
Was sind denn das überhaupt für Interviews?"
Einen Augenblick lang war Jane versucht, ihrer
Großmutter alles zu erzählen. Aber dann entschied
sie sich doch dagegen.
Vielleicht war es besser, allein nach irgendeinem
Anhaltspunkt zu suchen, über den sie sich selbst jetzt
noch nicht im Klaren war.
„Ich möchte eine wissenschaftliche Studie erheben.
Mir geht es um den Einfluss der ehemaligen briti-
schen Besatzung auf das heutige Leben in Indien."
Sie wandte sich ab, denn ihre Großmutter kannte sie
zu lange und zu gut, um auf ihren unschuldigen
Blick hereinzufallen. Aber es war schon zu spät.

„So ein Zufall, nicht wahr? Gerade jetzt möchtest du darüber eine Studie erheben. Ich habe dich nie vorher davon sprechen hören", erwiderte Lady Dora mit vor Zynismus tropfender Stimme.

Natürlich hatte sie sofort die Verlegenheit ihrer Enkelin gespürt. Diese seufzte.

„Also gut, Großmama."

Sie deutete auf einen Sessel und ließ sich in den anderen sinken. Dann erzählte sie so kurz und knapp wie möglich die ganze Geschichte.

Sie war sich bewusst, dass ihre Großmutter verständlicherweise verärgert reagieren würde, wenn sie erfuhr, nur Mittel zum Zweck gewesen zu sein. Aber sie irrte sich.

Als sie geendet hatte, bemerkte sie nur zwei steile Falten zwischen Lady Doras gepflegten Augenbrauen.

„Nun, du hättest mir gleich die Wahrheit sagen sollen. Und zwar bevor du dich so unmöglich benommen hast. Ich kenne dieses Land, Jane und ich kenne seine Menschen. Es ist ein stolzes und traditionsbewusstes Volk und du solltest sehr sensibel an die Sache herangehen."

Als sie Janes erstaunten Blick sah, erhellte ein Lächeln ihr schmales Gesicht.

„Damit hast du jetzt nicht gerechnet, nicht wahr? Nun, ich denke, du solltest dich umkleiden und seine Hoheit nicht warten lassen. Und während du das tust, werde ich dir ein paar nützliche Ratschläge geben, die du befolgen solltest, um nicht noch mehr

Unheil anzurichten."

Behände sprang Jane auf und küsste spontan ihre Großmutter auf beide Wangen.

Danach verschwand sie im Bad, hinter sich die markante Stimme Lady Doras, die mit den wichtigsten indischen Benimmregeln begann.

Eine Stunde später erwartete der Rana von Kartun Jane im Salon ihrer Suite und erhob sich galant bei ihrem Eintritt.

Sie trug ein leichtes, hellgrünes, langes Baumwollkleid und hatte auf ihr obligates Plaid, das sie an der Schulter befestigt trug, nicht verzichtet, in der Hoffnung, das Haus der Familie Shigh würde sich als ebenso klimatisiert erweisen wie ihr Hotel.

Das dichte, rote Haar hatte sie aufgesteckt. Eine Frisurvariante, die sie größer und reifer erscheinen ließ. Mit einem galanten Kompliment über ihr Aussehen küsste der Rana ihre Hand und ließ ihr den Vortritt beim Verlassen des Hotels.

Der Wagen, der zu seiner Verfügung stand, war klimatisiert. Aber nur die wenigen Stufen vom Hotel zum Vorplatz ließen bei Jane Schweißperlen ausbrechen.

„Sie werden sich bald an das Klima gewöhnen, Jane", bemerkte Dasan und half ihr beim Einsteigen.

Jane lächelte gequält.

„Seit ich in Indien bin, habe ich nur Hitze erlebt."

„Sie müssen die heißen Tageszeiten meiden. Warten sie noch ein paar Stunden. Dann wird es angenehmer."

Das Anfahren des Autos verschluckte Janes Antwort. Die Fahrt zum Anwesen der Familie Shigh ging eine Weile durch geradezu öde wirkendes Gebiet, dann wurde ein großes Portal geöffnet und ein breiter, mit rotem Sand belegter, Weg führte eine gute Meile leicht ansteigend zu einem Haus, dass schneeweiß in der Sonne lag.

Überall standen die herrlichsten exotischen Blumen.

Als der Wagen hielt, traten bereits zwei zierliche Mädchen in Saris heran, um ihnen Blumenketten umzulegen.

Hari Shigh begrüßte seine Gäste auf der breiten Terrasse mit einer tiefen Verbeugung, die der Rana und Jane erwiderten und deutete nach innen.

„Es ist mir eine große Ehre sie als meine Gäste begrüßen zu dürfen", sagte er und führte sie in einen wunderbar kühlen Innenhof.

Auch hier befanden sich exotische Pflanzen mit unbeschreibbar schönen Blüten in allen erdenklichen Farben. Ebenso kleinere und größere Wasserspiele, die zu dem angenehmen Klima beitrugen und einige Volieren, dessen buntgefiederter Bewohner laute Töne ausstießen.

Erst jetzt bemerkte Jane das es sich bei den Vögeln um Pfauen handelte.

Lady Dora hatte in ihrer kurzen Unterweisung indischer Traditionen auch auf diese Tiere hingewiesen, die in Indien als Begleittiere des Kriegsgottes Skanda verehrt wurden.

Auch Jane hatte schon davon gelesen, aber im Zusammenhang mit den Rajputen, die als kriegerisches Volk diesen Vögeln größte Anerkennung zuteilwerden ließen.

Während Hari Shigh voranging, fragte Jane leise den Rana nach der Bedeutung dieser Pfauen bei ihrem Gastgeber.

„Die Vorfahren der Familie Shigh sind Rajputen. Sie haben diese Tiere von jeher gezüchtet", erläuterte ihr dieser.

Inzwischen waren sie in einem gut klimatisierten, offenen Raum angekommen, der eher einem luftigen Pavillon glich. An beiden Seiten und der Frontseite zu einem wundervoll angelegten Garten hin offen, standen auf den angenehm kühlen Mamorfliesen zahlreiche Sitzmöglichkeiten um einen niedrigen, langen Tisch herum.

Drei Frauen standen, sich tief verneigend, zur Begrüßung der Gäste bereit. Die Älteste von ihnen, eine weißhaarige Frau war allem Anschein nach die Mutter der Shigh Brüder. Sie trug einen dunkelgrünen Sari mit kostbaren Goldstickereien, der sehr auffällig den Reichtum der Familie zur Schau trug.

Ihre Haltung hatte etwas königliches und man sah ihr an, dass sie dem Haushalt der umfangreichen Familie vorstand.

Die Frau neben ihr war ihre Schwiegertochter, Hari Shighs Ehefrau. Ihr Sari war leuchtend orange und unter den sittsam gesenkten, kohlschwarzen Wimpern schauten ebensolche funkelnde Augen hervor. Sie war eine schöne Frau mit harmonischen Proportionen, aber schon leicht im Verblühen begriffen und man sah, zumindest als Frau, ihre krampfhaften Bemühungen mit Hilfe von Kosmetik ihre Schönheit zu erhalten.

Hinter den beiden stand das entzückendste Wesen, dass Jane jemals gesehen hatte.

Das junge Mädchen hatte ihre Größe und eine Flut schwarzen Haares, dass sie zu einem dichten Zopf geflochten hatte, der sogar stärker war als der von Jane.

Ihre Figur war puppenhaft zart und sie trug einen zitronengelben Sari, der auf das trefflichste mit ihrem Teint und ihrem Haar kontrastierte.

Hari Shigh übernahm die Vorstellung seiner Familie und wieder erfolgte das allgemeine Verneigungsritual. Danach nahmen alle an dem langen Tisch Platz und es fiel Jane nicht schwer, bequem ihre Beine unterzuschlagen und mit ihrem langen Rock zu bedecken.

Sie musste dabei an die ständigen Anmahnungen ihrer Großmutter denken, die sie für diese Art des Sitzens so getadelt hatte, dass ihr heute zugutekam. Mehrere Dienstboten trugen das Essen auf und der Rana, der neben Jane saß, erläuterte ihr leise die einzelnen Speisen.

Es gab Batura, ein großes Fladenbrot, Dal, Linsen in gewürzter Soße, Chamia, Kichererbsen, Mushroom masala, Champignons, Chicken Masala, Hühnchen in scharfer Soße, Mutton Masala, Lamm in scharfer Soße, Biryani, ein besonderes Reisgericht, das in Nordindien als Festtagsgericht gilt und Raita, gewürzten Jogurt.

Jane kannte indisches Essen aus verschiedenen indischen Restaurants in Amerika und England, aber mit diesem hier ließ es sich keinesfalls vergleichen.

Es war zum einen der großartige Geschmack, verstärkt durch die frischen Zutaten und Gewürze, zum anderen die wundervolle Atmosphäre dieses Abends in einem exotischen Land.

Schließlich wurde zum Abschluss Barfi gereicht, ein Dessert mit Nüssen und Kardamom und Chai Masala, der wundervoll gewürzte Tee.

Die Unterhaltung bei Tisch war zurückhaltend, meist sprachen nur der Gastgeber und der Rana, die Frauen schwiegen demütig und Jane befand sich erstmals in der Verlegenheit, nicht zu wissen wie sie ein Gespräch beginnen sollte.

Es war, als könne der Rana wieder ihre Gedanken lesen und lächelte ihr verschwörerisch zu.

Dann wandte er sich an Hari Shigh und erklärte ihm mit einfachen Worten, dass sich Jane für das indische Familienleben wissenschaftlich interessieren würde.

Es würde ihn, den Rana, sehr erfreuen, wenn sie in der Familie Shigh dahingehend Unterstützung erfahren würde. Dieses wurde von der gesamten Familie mit einer tiefen Verbeugung sofort zugesichert.

Jane lächelte allen zu, wusste aber noch immer nicht, wie und wo sie beginnen sollte.

Schließlich erhob sich Hari Shighs Mutter und erklärte, sich mit den anderen Frauen zurückziehen zu wollen. Sie lud Jane mit einer freundlichen, aber bestimmenden Geste dazu ein ihnen zu folgen.

Eilends erhob sich diese und ging mit den Frauen in einen weiter entfernten Raum, der ähnlich eingerichtet, aber dessen Ausblick noch überwältigender war. Hier schienen die drei Frauen deutlich gelöster zu sein. Sie forderten Jane auf, sich auf einem bequemen Diwan nieder zu lassen, boten ihr Erfrischungen an und bedrängten sie geradezu mit Fragen.

Ob sie verheiratet sei und Kinder habe. Ob sie berufstätig sei, wer sie auf dieser Reise begleite und wie sie den Rana kennengelernt habe.

Wobei sich die junge Keki mit Fragen nahezu zurückhielt und nur die beiden älteren Frauen mit Jane sprachen.

Mit einem Lächeln beantwortete Jane alle Fragen so gut es ging, um auch ihrerseits Fragen stellen zu können.

Die Frauen zeigten sich erstaunt über das freizügige Leben das Jane zu führen schien, bedauerten wortgewandt den frühen Tod ihrer Eltern und deuteten diskret ihr Unverständnis darüber an, dass eine junge Frau wie sie unverheiratet war.

Schließlich, da der Abend bereits weit fortgeschritten war, bat Jane, ob sie nicht am nächsten Nachmittag wiederkommen könne, zumal bereits im Vorfeld die Ehefrau von Hari Shigh eine Einladung an sie ausgesprochen hatte.

Jane wollte unbedingt etwas in Erfahrung bringen, was Gopal Shigh vielleicht entlasten könnte. Allerdings erschien es ihr jetzt, hier im Haus seiner Familie, noch unwahrscheinlicher als vor ihrer Reise.

Wie, in Gottes Namen, sollte sie vorgehen?

War sie nicht diplomatisch genug, konnte die Familie ihre wahren Beweggründe für ihr hier sein ahnen und jede Form des Kontaktes zu ihr abbrechen und damit wäre ihr Versuch gescheitert.

Trotzdem fühlte sie sich erleichtert als ihr die Frauen versicherten, sie würden sie sehr gern am nächsten Nachmittag in ihren Räumen willkommen heißen.

Dann wurde sie herzlich verabschiedet und eine Dienerin brachte sie wieder zurück in den Innenhof, wo die Volieren mit den Pfauen standen.

Der Rana erwartete sie bereits.

Hari Shigh begleitete seine Gäste zum Ausgang und als Jane erwähnte, am nächsten Nachmittag bei den Damen des Hauses eingeladen zu sein, drückte er mit blumigen Worten seine Freude darüber aus.

Allerdings schien sein stetiges Lächeln nicht seine Augen zu erreichen und Jane hatte das Gefühl eine Schlange beobachte sie.

Als der Rana Jane zum Auto begleitete, atmete sie tief ein.

„Eine herrliche Nacht und sie hatten Recht, Darsa. Jetzt ist es angenehm."

Der Rana lachte leise und öffnete ihr persönlich die Wagentür, nachdem er den Diener mit einer Handbewegung angewiesen hatte zur Seite zu treten.

„Ich habe es ihnen versprochen", sagte er charmant und stieg ebenfalls ein.

Als Jane im Hotel angekommen war, stellte sie fest, dass ihre Großmutter sich bereits zurückgezogen hatte.

Seufzend machte sie es sich in dem kleinen Salon bequem, nahm sich einen Whisky und sah auf ihre Rolex. Es war kurz nach Mitternacht Ortszeit, also war es noch nicht 9.00 Uhr abends in England.

Eine gute Zeit, Telefonate zu führen.

Als erstes rief sie Jack Davids an und erwischte ihn auch prompt.

„Ich habe mir schon Sorgen um sie gemacht, Jane. Sie hatten versprochen mich regelmäßig anzurufen."

Seine Stimme klang wirklich besorgt und Jane musste unwillkürlich lächeln.

„Also Jack, weder ein bengalischer Tiger hat mich gefressen noch ein Elefant abgeworfen. Stattdessen habe ich die überaus interessante Bekanntschaft des Rana von Kartun gemacht."

„Aha", klang es etwas verhalten von der anderen Seite und Jane beschloss, Jack nicht länger zu quälen.

„Es war ein absoluter Glücksfall. Er hat mich in die Familie Shigh eingeführt und morgen bin ich bereits wieder bei den Damen des Hauses eingeladen. Zufrieden?"

Eine Weile war Stille am anderen Ende der Leitung.

„Aber sie sind weiterhin vorsichtig?"

Jack klang nach wie vor besorgt, was Jane überhaupt nicht verstehen konnte.

Aber sie war nicht in der Stimmung mit ihm darüber zu diskutieren.

„Ja, das werde ich und ich rufe sie jeden Tag einmal an. Wenn ich sie nicht antreffe, schicke ich eine Mail oder WhatsApp. In Ordnung? Ich halte sie auf dem Laufenden. Gute Nacht."

Noch ehe er etwas erwidern konnte, legte sie auf. Dann schüttelte sie den Kopf.

Warum nur machte sich Jack solche Sorgen um sie? Sie entschloss sich es einfach nur rührend zu finden und wenn sie ihm einen Gefallen damit tat, ihn täglich anzurufen, warum nicht?

Ihr zweiter Anruf galt Professor Downsand.

Erst war Missis Nowland am Apparat, die sie wortreich begrüßte und ihr von Hieronymus berichtete, der täglich sich sonnend im Garten lag. Im gleichen Atemzug erkundigte sie sich nach der Unterbringung im Hotel und vor allen Dingen nach der Verpflegung. Erst danach erhielt der Professor, der scheinbar ungeduldig neben ihr gewartet hatte, die Chance mit Jane zu sprechen.

Er konnte seine Ungeduld nur schlecht verbergen, so sehr lechzte er nach neuen Informationen.

Obwohl Jane nicht viel Neues zu berichten hatte, war er doch zufrieden über die Entwicklung der Dinge. Auch er mahnte sie zur Vorsicht und so eingedeckt mit guten Ratschlägen, zog sich Jane in ihr Bett zurück.

Am nächsten Morgen schlief Jane lange und als sie endlich im Frühstückszimmer erschien, sah Lady Dora sie missbilligend an.

Schließlich hielt sie ihrer Enkeltochter schweigend die Wange zum rituellen Begrüßungskuss hin.

„Guten Morgen, Großmama, du bist schon ausgeritten?"

Ein Blick auf das elegante Reitkostüm hatte genügt, diese Tatsache zu postulieren.

„Ja, allerdings. Aber du schläfst ja lieber."

Jane nahm den Vorwurf relativ gelassen auf, immerhin war sie sonst, genau wie ihre Großmutter, eine Frühaufsteherin, aber der Jetlag schien noch zu wirken. Schweigend nahm sie sich eine Schale Porridge.

„Ich kam sehr spät nach Hause, entschuldige."

Dann erzählte sie ihr vom Verlauf ihres Besuches. Lady Doras Aufmerksamkeit wuchs, während ihre schlanken Finger langsam die dunkelblauen Beeren von einer Weintraube pflückten.

„Trotzdem, Jane. Ich möchte wissen, wie du weiter vorgehen willst?"

Echtes Interesse klang aus ihren Worten. In diesem Moment ließ der Rana durch einen Diener anfragen, ob er den beiden Damen einen Besuch abstatten dürfe.

Lady Dora wechselte mit Jane einen erstaunten Blick, sagte aber zu und ein weitere Diener trug einen riesigen Korb voll wundervoller Blumen herein.

„Ihre Enkeltochter hat sich gestern so sehr an den Blumen im Haus der Familie Shigh erfreut. Daher habe ich mir gestattet, ihr eine kleine Kostprobe indischer Gewächse mitzubringen. Gestatten sie?", fragte der Rana, als er sich über die ausgestreckte Hand von Lady Dora beugte und einen Handkuss andeutete. Diese neigte leicht den Kopf.

„Diese Entscheidung kann meine Enkeltochter selbst treffen."

Sie sah Jane an, die sich erhoben hatte und die Blumen betrachtete.

„Danke, Darsan. Sie haben mir damit wirklich eine Freude gemacht."

Als Lady Dora nach einer Erfrischung läuten wollte, lehnte der Rana zu ihrem Erstaunen ab.

„Verzeihen sie meine Unhöflichkeit, Lady Dora. Aber geschäftliche Obliegenheiten zwingen mich, sofort wieder aufzubrechen. Es hat mich gefreut, dass sie meine kleine Geste angenommen haben", sagte er an Jane gewandt und verneigte sich.

Als er gegangen war, sah sich Jane die Blumen, die wirklich von einzigartiger Schönheit waren, genauer an. Als sie die Blicke ihrer Großmutter auf sich spürte, wandte sie sich ihr lächelnd zu.

„Oh, nein Großmama. Es ist nicht wie du denkst. Ich habe dem Rana keinerlei Freiheiten gestattet und er hat sich auch keine herausgenommen. Das hier ist eine rein freundschaftliche Geste."

Lady Dora schob den Teller mit den Weintrauben von sich und nahm die Handschuhe, die sie neben dem Teller abgelegt hatte.

Schweigend zog sie diese ein paar Mal über ihre

Handflächen. Schließlich ging sie zur Tür, blieb stehen, wandte sich um und sah Jane an.

„Das hatte ich auch nicht gedacht, Jane. Du bist eine erwachsene Frau und eine, wie ich glaube, kluge junge Frau dazu. Aber das hier ist ein anderer Kulturkreis. Bitte Jane, denke immer daran. Ganz gleich, welche Gefühle der Rana für dich entwickelt oder du für ihn, er würde dich nie heiraten können, das verbietet seine Kastenzugehörigkeit."

Damit zog sie die Tür hinter sich ins Schloss.

Jane betrachtete seufzend das Blumenarrangement. Was sollte das nun heißen? Natürlich, der Rana war ein attraktiver Mann und ein charmanter Gesellschafter. Aber darüber hinaus entwickelte sie keine Gefühle für ihn.

Nachdenklich strich sie über eine leuchtend orangene Blüte, die sich wie feinste Seide anfühlte.

Natürlich schmeichelte es ihr, dass ein Rana von Kartun ihr seine Aufmerksamkeit schenkte. Aber sie gehörte auch nicht zu dem Typ hoffnungsloser Romantikerinnen. Sie schüttelte unwirsch den Kopf.

„Und überhaupt bist du hier, um Gopal Shigh zu helfen", rief sie sich selbst zur Ordnung, stand auf und stellte den Blumenkorb in das Ankleidezimmer. Der Duft würde ihr sicher nach einer Weile Kopfschmerzen bereiten und es war vielleicht auch besser, ihn nicht immer optisch genau vor sich zu haben.

Der Vormittag war bereits sehr weit fortgeschritten und sie nahm sich ein Buch, um noch etwas zu lesen, bevor sie sich für den nachmittäglichen Besuch bei

den Damen des Hauses Shigh fertig machen würde.
Jane hatte für den Besuch ein helles Leinenkleid ge-
wählt, kombiniert mit einem gleichfarbigen Strohhut,
unter dem sie ihr Haar offen trug.

Ein Wagen des Hotels fuhr sie zum Anwesen der
Familie Shigh und sicher hatte man den Fahrer ent-
sprechend instruiert, denn er hielt nicht vor dem
Haupteingang, wie gestern, sondern vor einem, nicht
minder repräsentativen Seiteneingang, der zu dem
Wohntrakt der Damen des Hauses gehörte.

Dort wurde sie von einer Dienerin empfangen und in
die angenehm kühlen Räume geleitet, die sie bereits
kannte.

Die Mutter der Shighbrüder war nicht anwesend,
ihre Schwiegertochter entschuldigte sie bei der Begrüßung ihres Gastes.

Amal Shigh, der Senior der Familie, war schwer-
krank. Das wusste Jane bereits und nun sagte ihr die
Schwiegertochter, Phola, er habe eine sehr schlechte
Nacht gehabt und seine Frau müsse bei ihm bleiben.
Dann bot sie Jane einen Platz an und diese überreichte ihr eine kleine Aufmerksamkeit. Gebäck von Missis Nowland, dass ihr diese sehr liebevoll eingepackt
hatte.

Nachdem Erfrischungen gereicht worden waren,
deutet Phola ihrer Schwägerin, der jungen Keki, die
Jane die ganze Zeit sehr schüchtern mit ihren
samtschwarzen Augen gemustert hatte, unwillig, sich
zu entfernen.

Diese kam sofort dieser Aufforderung nach, nicht

ohne Jane noch einen letzten, bedauernden Blick zuzuwerfen.

„Es ist an der Zeit, dass sie sich um ihre Pflichten im Haushalt kümmert, statt überall ihre neugierigen Ohren aufzusperren", sagte Phola Shigh mit zorniger Stimme, nachdem der zitronengelbe Sari hinter einer der Marmorsäulen verschwunden war.

Lächelnd wandte sie sich danach wieder ihrem Gast zu.

„So, nun sind wir allein und können plaudern."
Ihre Stimme klang plötzlich weich wie Samt, aber Jane war auf der Hut und auch nicht gewillt, so schnell das Thema Keki fallen zu lassen.

„Sie wollte sicher nicht unhöflich sein. Geht Keki nicht auf das College?", fragte Jane unschuldig lächelnd.

„Sie hat eine Zeit auf dem College zugebracht. Aber mein Gemahl war der Meinung, genau wie die anderen Mitglieder der Familie, das jetzt genug ist mit diesem Geplänkel. In Kekis Alter war ich bereits drei Jahre verheiratet und Mutter zweier Söhne."
Jane nahm etwas von dem klebrig, süßen Gebäck und steckte es sich in den Mund.

„Ist Keki schon verlobt?"
Sie beugte sich etwas nach vorn und riss ihre Augen auf.

„Etwa mit dem Rana?", flüsterte sie verschwörerisch.
Phola verneigte sich leicht in ihre Richtung.

„Ich danke ihnen, dass sie unsere Familie für so hoch einschätzen. Ein Mitglied, das in ein fürstliches Haus einheiraten könnte, aber leider nein."

Sie beugte sich etwas weiter zu Jane, sodass diese ihr schweres, orientalisches Parfüm wahrnahm.

„Nein. Es werden derzeit noch Verhandlungen geführt. Meine Schwiegermutter hat einige Interessenten ins Auge gefasst, sich aber noch nicht entschieden."

Jane lehnte sich zurück.

„Und was sagt Keki dazu?"

Ein erstaunter Blick traf sie.

„Sie weiß natürlich nichts. Aber sicher ahnt sie etwas. Das ist auch gleichgültig. Sie wird tun, was die Familie verlangt."

Mit einer Handbewegung, die den zahlreichen, schmalen Armreifen, die sie trug, einen hohen Ton entlockten, machte sie eine abwehrende Geste um diese Aussage zu unterstreichen und ergriff dann Janes Hand.

„Das muss ihnen alles etwas seltsam vorkommen, liebe Jane, so darf ich sie doch nennen?"

Als diese sich beeilte zu nicken, fuhr Phola fort.

„Wissen sie, Keki wird ihren Ehemann erst zu Hochzeit sehen, das ist bei uns so Sitte. Diese sogenannte freie Liebe wie in ihrem Land gibt es bei uns nicht."

Sanft entzog Jane Phola ihre Hände. Ihr war die Berührung unangenehm, ohne dass sie sagen konnte, warum.

Aber als sie aufsah und in Pholas wunderbare schwarze Augen blickte, die sie sehr freundlich ansahen, schämte sie sich im gleichen Augenblick für ihre

Reaktion.

„Ich bin auch in einer Klosterschule erzogen."

Sie wusste nicht, ob ihre Gastgeberin sich eine Vorstellung davon machen konnte, aber diese nickte.

Dann strich sie über Janes lange Lockenpracht.

„Sie haben wundervolles Haar. Eine solche Farbe habe ich noch nie gesehen", sagte sie. „Bei uns dürfen nur Jungfrauen ihr Haar so offen tragen."

Jane spürte, wie sie errötete.

„Nun ja", murmelte sie und brach ab.

Phola nahm sie spontan in den Arm.

„Aber dafür müssen sie sich doch nicht schämen, Jane, ganz im Gegenteil. Es gereicht ihnen zur Ehre."

Dann goss sie Jane neuen Tee ein und lehnte sich in die weichen Polster zurück.

„Aber ist es nicht an der Zeit, dass auch sie bald heiraten? Entschuldigen sie meine Offenheit, aber sie sind jung, gesund und entstammen, wie der Rana uns andeutete, aus einer sehr guten Familie. Sicher haben sie eine Menge Bewerber?"

Jane, die ihre Fassung wiedergewonnen hatte, wog den Kopf hin und her.

„Gewiss. Darauf achtet schon meine Großmutter. Aber bisher war der Richtige einfach noch nicht dabei."

Sie hätte gerne das Thema gewechselt, denn sie überlegte fieberhaft, wie sie das Gespräch auf Gopal lenken konnte, ohne sich verdächtig zu machen, aber auch, um nicht wieder unverrichteter Dinge gehen zu müssen.

Schließlich erzählte sie etwas von ihrer eigenen Familie, von ihren Tanten und Onkel väterlicherseits, die überall auf der Welt verstreut lebten und schließlich gelang es ihr eine Brücke zu schlagen und so diskret wie möglich nach weiteren Geschwistern von Keki zu fragen.

Pholas Gesicht verschloss sich plötzlich, aber nach einer Weile sagte sie: „Der Bruder meines Mannes und Kekis studiert in England. Er hat Schande über uns gebracht."

Da es der Anstand gebot, jetzt nicht weiter zu fragen, schwieg Jane und gab sich Mühe, mitfühlend- betroffen auszusehen.

Schließlich fuhr ihre Gastgeberin mit gedämpfter Stimme fort. „Sie müssen es doch in der englischen Presse gelesen haben?"

Jane bemerkte sehr wohl den lauernden Blick, der sie traf. Sie schüttelte aber bedauernd den Kopf.

„Ich war lange Zeit in Amerika und traf mich mit Großmama direkt am Flughafen. Daher habe ich keine englische Presse verfolgt."

In Zeiten von Multimedia war diese Ausrede ausgesprochen dünn, aber scheinbar schöpfte Phola wirklich keinen Verdacht.

„Gopal steht unter Mordverdacht. Außerdem ist er eine Verbindung eingegangen, die unschicklich ist und unsere Familie in Schande bringt."

Mit einer Geste deutete sie an, nicht weiter darüber sprechen zu wollen und Jane blieb nichts anderes übrig als es zu akzeptieren.

Erst jetzt bemerkte sie, wie spät es geworden war und erhob sich.

Bedauernd erhob sich auch ihre Gastgeberin.

„Bitte Jane, besuchen sie mich wieder. Sie sind jederzeit hier herzlich willkommen.", sagte Phola und küsste sie leicht auf beide Wangen und geleitete sie selbst bis zur Tür.

Jane stieg winkend in den bereitstehenden Wagen, nicht ohne noch einmal nach dem zitronengelben Sari Kekis Ausschau zu halten, aber leider vergeblich.

„Er ist eine Verbindung eingegangen, die unschicklich ist."

Diese Wort Pholas gingen Jane einfach nicht mehr aus dem Kopf und als sie am Abend Professor Downsand anrief, breitete sie eine Theorie vor ihm aus.

„Vielleicht hatte er doch ein Verhältnis mit Francis Patton. Das würde zumindest Pholas Äußerung erklären. Und als ihr Vater dahinterkam, gab es einen heftigen Streit und…"

Sie schwieg und hörte am anderen Ende der Leitung nur ein leises Schnauben.

„Oder sind sie nicht meiner Meinung?", fragte sie nach.

„Ich weiß nicht, Jane. Ich habe mich mehrfach mit Francis unterhalten. Die beiden hatten keine Liebesbeziehung. Nein, ganz sicher nicht."

Jane rieb ärgerlich an einem nicht vorhandenen Fleck ihres Telefons.

„Dafür war gestern Abend Jack Davids bei mir", fuhr der Professor fort, als Jane ihm nicht antwortete.

„Er macht sich große Sorgen um sie. Er sagte mir, es hätte Fälle von entführten Engländerinnen gegeben. Als er es angesprochen hat, erinnerte ich mich selbst daran."

Jane schüttelte den Kopf, als ihr bewusst wurde, dass der Professor sie nicht sehen konnte.

„Ja. Das sagte er mir auch bereits, wieder und wieder übrigens. Aber schließlich bin ich ja keine Engländerin und außerdem mit Großmama hier, die passt auf mich besser auf als mancher Bodyguard. Professor, ich bin hier, um herauszufinden, warum Gopal Shigh Mister Patton getötet haben könnte und aus keinem anderen Grund."

Sie war etwas laut geworden und am anderen Ende war Schweigen. Als sie sich räusperte, sagte der Professor: „Gut, Jane. Aber sie passen bitte auf sich auf?"

Nachdem sie das versichert hatte, beendete sie das Gespräch.

Jane war mehr als ärgerlich, dass Jack Davids jetzt nicht nur sie, sondern auch noch den Professor mit seinen Entführungstheorien verrückt machte.

Außerdem waren sie durch diese Geschichte vom eigentlichen Thema abgekommen und der Professor hatte sich nicht dazu geäußert, wie er Pholas Bemerkung deuten würde.

Seufzend ließ sie sich in den Sessel fallen. Es war wirklich zu dumm, dass sie noch keinen Schritt weitergekommen war und ihr die Zeit davonlief.

Vielleicht konnte ihr Keki mehr sagen?

Aber wie sollte sie an das Mädchen herankommen, die von ihrer Schwägerin geradezu hermetisch abgeschottet wurde?

Noch ehe sie diesen Gedanken weiter ausbauen konnte, hörte sie im Salon die Stimmen ihrer Großmutter und die des Ranas.

Froh, einmal abgelenkt zu sein, ging sie hinüber.

Der Rana erhob sich sofort bei ihrem Eintritt, verneigte sich und ergriff ihre Hand.

„Wie schön, dass sie zu uns kommen. Ich wollte gerade Lady Dora vorschlagen mit ihnen gemeinsam zum Taj Mahal zu fahren, um dort den Sonnenuntergang zu erleben. Um diese Zeit ist es dort am schönsten und sie haben es ja noch nie gesehen."

Lady Dora hatte sich bereits erhoben.

„Nimm dir einen Schal mit, Jane, es wird nach Sonnenuntergang manchmal empfindlich kühl. Seine Hoheit möchte uns danach zum Dinner ausführen."

Jane warf ihrer Großmutter einen kurzen Blick zu, was diese wohl von dieser spontanen Einladung hielt. Aber deren Gesicht war wie immer beherrscht und ernst.

„Okay", meinte Jane lakonisch und suchte ihr Zimmer auf, um sich umzukleiden. Ehe sie ging, nahm sie noch ein leichtwollenes Plaid.

Ihre Großmutter hatte sicher Erfahrung mit dem Klima, also schien es geraten, ihre Hinweise zu befolgen.

Die Fahrt durch das abendliche Agra war angenehm, da der Verkehr des Tages etwas nachgelassen hatte. Nur ab und zu begegnete man Fahrradrikschas und an den Gehsteigen, die schon im Schatten lagen, sah man in Blechdosen kleine Feuer brennen, über deren wärmenden Flammen sich dutzende, in Lumpen gehüllte Menschen die Hände wärmten.

„Die meisten Menschen zieht es in die Städte mit Hoffnung auf Arbeit. Aber die finden sie häufig nicht", bemerkte der Rana, als er Janes Blicke beobachtete. Natürlich, solche Bilder kannte sie auch aus Amerika, aber nicht in diesem Umfang. Sie wandte sich dem Rana zu.

„Ich habe gelesen, dass ihre Regierung einige gute Projekte ins Leben gerufen hat, um das Leben der Landbevölkerung zu verbessern. Vieles davon klang sehr vielversprechend."

Lakonisch zuckte der Rana die Schultern.

„Natürlich. Wie es schon viele Projekte gab und auch weiterhin geben wird."

Weiter äußerte er sich nicht und als Jane nachfragen wollte, spürte sie einen sanften Händedruck ihrer Großmutter und sie schwieg.

Nachdem er den Damen aus dem Auto geholfen hatte, ging der Rana voran.

„Diskutiere hier nicht ständig über Politik und thematisieren nicht die Missstände im Land."

Als Jane ihre Großmutter stirnrunzelnd ansah, sagte diese: „Bitte, Jane. Du solltest mir vertrauen."

Jane senkte den Kopf und nickte zaghaft.

„Gut, Großmama. Zumindest für heute Abend verspreche ich dir keine Bemerkungen dahingehend mehr."

Sie folgten dem Rana, der bereits das Haupttor erreicht hatte.

Anschließend durchquerten sie die Sicherheitskontrollen, streng nach Geschlechtern getrennt und dann sah Jane das erste Mal das Taj Mahal.

Sie blickte auf den Wasserkanal, der einen symmetrisch angelegten Garten teilte und dahinter erhob sich majestätisch das Grabmal.

Mit ineinander gefalteten Händen stand sie hinter dem Haupttor und sah, wie die Sonne sich langsam senkte und dieses Kunstwerk aus Marmor und Halbedelsteinen besser beleuchtete, als es ein Filmproduzent aus Hollywood je planen konnte.

„Es ist fantastisch", flüsterte sie und ihre Großmutter, die neben sie getreten war, nickte.

„Ja. Das ist es jedes Mal wieder und ich bin dankbar, dass ich es noch einmal sehen durfte."

Jane drehte sich zu ihr um und küsste spontan ihre Wange. Erst jetzt wurde ihr bewusst, dass ihre Großmutter dieses Bauwerk als junge Frau, fast in ihrem Alter, zuletzt bewundert hatte und heute, nach all den Jahren, noch einmal zurückgekehrt war.

Der Rana hatte sich abseits gehalten und sich nur bei Janes bewundernder Äußerung leicht verneigt.

Als traditionsbewusster Inder war er stolz auf dieses Bauwerk und jedes Lob darüber.

Jetzt deutete er auf die Treppen, die zu dem Wasserkanal gingen und scheuchte mit einer Handbewegung die selbsternannten Führer weg, die gezielt Touristen ansprachen, ihnen die besten Fotopositionen zeigten und dann kräftig abkassierten.

Gemeinsam schritten sie bis zu der Marmorplattform, auf der sich das Kuppelgrab erhob und jetzt, so kurz vor Sonnenuntergang, befanden sich nur noch wenige Touristen und Einheimische hier.

Sie stellten ihre Schuhe an der Treppe ab, die gegen

Zahlung von ein paar Rupien bewacht wurden und stiegen auf den kühlen Marmortreppen nach oben. Durch das südliche Tor betraten sie die Grabkammer und sahen die Grabimitation von Mumtanz Mahals und Shak Jahans Gräbern. Im Halbdunkel war alles schwer zu erkennen und es war eine mystische, eigenartige Stimmung, die in Jane fast etwas Beängstigendes auslöste. Sie war froh, als sie wieder nach draußen auf den Vorplatz traten.

Scheinbar hatte der Rana ihre Stimmung gespürt. „Sie sollten vielleicht noch einmal am Tag hierherkommen, Jane und sich dann das Innere genau ansehen. Übrigens, die Originalgräber sind in der Krypta unterhalb. Jetzt sollten wir uns beeilen, es wird dunkel. Aber ich wollte ihnen das Tja Mahal bei Sonnenuntergang nicht vorenthalten."

Sie gingen zurück zu ihren Schuhen und als sie das Haupttor erreicht hatten, deutete der Rana ihnen, sich umzudrehen.

Ein letztes Mal leuchtete das Tja Mahal in einem Sonnenstrahl auf, dann war es nur noch wie ein Scherenschnitt vor dem dunklen Himmel auszumachen.

Sofort schien sich Ruhe über dieses großartige Grabmal zu senken und es seiner eigentlichen Bestimmung zurückzugeben, das als Denkmal einer großen Liebe.

Schweigend verließen sie das Gelände, jeder von ihnen schien seinen eigenen Gedanken nachzuhängen, bis der Rana seinen Wagen heranwinkte und den Damen hineinhalf.

„Fahren wir zum Essen", sagte er.

Damit war der Zauber zerstört, man befand sich wieder in der Realität.

Für das Essen hatte der Rana eines der besten Restaurants in Agra ausgewählt.

Ein kostbar gekleideter Inder führte ihn und seine Begleiterinnen in ein großes Zelt, dass in einem weitläufigen Park stand und von dutzenden von Fackeln beleuchtet wurde.

Das Zelt selbst war eine Pracht aus roter Seide und diese Farbe setzte sich auch in Inneren fort, in den Teppichen, Polstern, sogar die zahlreichen Spiegel waren mit rotem Stoff gesäumt. Rot und Gold, eine Kombination, die aufdringlich und aggressiv wirken kann, hier aber geheimnisvoll und warm reflektierend im Schein des natürlichen Lichtes von Kerzen und Fackeln.

Jane setzte sich in die bequemen Polster und schaute direkt aus dem geöffneten Eingang in den dunklen Park, wo sich das Wasser eines kleinen Sees im Mondlicht spiegelte.

Kaum hatten sich auch Lady Dora und der Rana gesetzt, betraten Musiker mit grell bunten Turbanen und ihren Musikinstrumenten das Zelt und verneigten sich tief.

Der Rana wandte sich an seine Begleiterinnen.

„Ich hoffe, unsere Musik wird ihnen gefallen. Ihnen, Lady Dora, ist die Musik sicher nicht unbekannt."

Diese lächelte und nickte den Musikern aufmunternd zu, die bereits auf ein Zeichen zu warten schienen.

Wirklich, die Musik war gewöhnungsbedürftig, aber auch so ganz anders als Jane sie aus indischen Restaurants in Amerika kannte.

Scheinbar hatte man sich dort auch an den Geschmack des Publikums angepasst.

Neben den Musikern traten auch stark geschminkte Tänzer auf, die zu der immer lauter werdenden Musik Bewegungen ausführten, die weniger an Tanz, sondern an das Erzählen einer Geschichte erinnerten.

Jane nippte an ihrem Tee und ließ sich tiefer in die Polster gleiten. Das angenehm herbe Parfüm das Ranas, in dem Sandelholz dominierte, stieg in ihre Nase, als er sich etwas zu ihr herüber beugte.

„Dies sind Kathukali-Tänzer. Sie erzählen uns eine Geschichte. Sehen sie die Tänzer mit den grünen Gesichtern? Das sind die guten Helden und die mit rot-grünen Gesichtern sind von edler Herkunft, aber bösem Charakter."

Sie wurden von einem lautstarken Schrei unterbrochen, als ein Grüner und ein Rot-Grüner sich mit mächtigen Schritten einander näherten und brutal aufeinander einzuschlagen schienen.

Gespannt verfolgte Jane den Verlauf der Geschichte, von der sie zwar nichts verstand, aber dessen Symbolik unverkennbar war. Der uralte Kampf des Guten gegen das Böse.

Nach einer knappen Stunde aufgeregter Mimik und Gestik, Kampfszenen und viel Geschrei und mit lautstarker Musik untermalt, verneigten sich die sichtlich erschöpften Tänzer und Musiker und wurden mit reichlich Beifall belohnt.

Mit ihrem perfekten Hindi lobte Lady Dora alle Beteiligten, die sich nochmals tief verneigten und schließ-

lich vom Rana mit einem üppigen Trinkgeld versorgt, das Zelt verließen.

Das Essen wurde aufgetragen und Jane hatte sich
inzwischen in dem angrenzenden Waschraum etwas
frisch gemacht.

Als sie den Raum verließ, um in das Zelt zurückzu-
kehren, trat ihr ein vielleicht zehnjähriger Junge in
den Weg. Er war einfach, aber sauber gekleidet, war
also weder ein Straßenkind noch ein Angestellter
dieses Restaurants, die alle rot- goldene Westen über
ihrer Kleidung trugen.

Aber er schien geradezu ängstlich darauf bedacht
nicht gesehen zu werden. Er betrachtete die junge
Frau vor sich mit einem schnellen Blick und fragte
leise: „Lady Jane?"

Sie nickte nur und er verneigte sich tief. Dabei reichte
er ihr einen Brief. „Für ihnen, bitte lesen", sagte er in
einstudiertem, schlecht verständlichem Englisch. Jane
streckte die Hand aus und schloss sie um das Papier.
Ehe sie etwas fragen, oder ihm ein Trinkgeld geben
konnte, war er flink in der Dunkelheit verschwunden.

Achselzuckend trat sie in die Nähe einer der zahlreichen Fackeln und faltete das Blatt auseinander.

Es war ein sehr hochwertiges Briefpapier, sicher teuer
und strömte einen feinen, blumigen Duft aus.

Mit zierlichen Buchstaben, sehr akkurat gesetzt, war
in fehlerfreiem Englisch die Nachricht geschrieben.

„Bitte, Miss Jane, verlassen sie sofort Indien!"

Jane betrachtete sinnend die Nachricht und schob das

Blatt schließlich in ihre Tasche.

Was sollte diese Warnung, denn zweifellos war es eine solche? Vor allem, wer hatte sie geschrieben? Der Schrift nach war es eine Frau, eine intelligente Frau, die Englisch perfekt beherrschte und auch eine wohlhabende Frau, die sich solches Briefpapier und teures Parfüm leisten konnte.

Sie konnte wohl auch in ihrer Warnung nicht deutlicher werden, aus Angst, dass ihre Nachricht in falsche Hände gelangen könnte.

Vor Janes innerem Auge tauchte der zitronengelbe Sari von Keki Shigh auf.

Sie war sich sicher, dass nur von ihr diese Warnung stammen konnte, aber warum?

Jane seufzte etwas. Sie wusste, dass sie erst einmal in das Zelt zurückkehren musste. Ihre noch längere Abwesenheit könnte sonst dort auffallen.

Langsam ging sie also zurück und nahm mit einem unverbindlichen Lächeln Platz.

Das inzwischen vollständig servierte Essen duftete köstlich und war nicht nur für die Nase, sondern auch für die Augen faszinierend. Die angerichteten Speisen waren mit floralen, essbaren Elementen verziert, sehr bunt und doch farblich absolut harmonisierend. Trotz dieser ominösen Warnung ließ sich Jane das Menü gut schmecken. Nach dem Essen, das sich über eine Stunde hinzog, war der Abend zu Ende.

Lady Dora gähnte diskret, worauf der Rana sie höflich fragte, ob er sie und Jane ins Hotel zurückbringen dürfe.

Während der Fahrt lud er die Damen zu einer Jagd am nächsten Morgen ein.

„Vielleicht ist es ihnen auch zu kurzfristig und ich muss mich für meine Nachlässigkeit entschuldigen? Aber ihre Anwesenheit würde mich sehr ehren."

Bittend sah er Lady Dora an, die, fest in ihre helle Seidenstola gehüllt, sich in das goldfarbene Polster des Wagens zurückgelehnt hatte.

„Nun", sagte sie mit einem kurzen Blick auf Jane.

„Ich pflege immer sehr früh aufzustehen. Mir wäre es also recht und ich bedanke mich für die Einladung, die ich gern annehme, Hoheit."

Jane lächelte und sah aus dem Wagenfenster. Dieser Vorort von Agra schien zur Ruhe gekommen zu sein, nur da und dort sah man am Straßenrand ein kleines Feuer und umherhuschende Gestalten.

Dann wandte sie den Kopf und sah den Rana an.

„Ich komme natürlich auch gern."

Dieser verneigte sich und breitete etwas die Arme aus.

„Die Ladys können natürlich auf einem Elefanten…"

Weiter kam er nicht in seinem Angebot, denn aus Lady Doras Augen schossen Blitze, die ihn abrupt verstummen ließen.

Jane schlug sich die Hand vor den Mund, um ein Lachen zu ersticken.

„Ich reite seit über siebzig Jahren, Hoheit und fühle mich durchaus in der Lage, es auch morgen zu tun", lautete die mit eisiger Stimme vorgebrachte Antwort und erschrocken zuckte der Rana zusammen.

„Oh, bitte, verzeihen sie mir, Lady Dora. Das war ausgesprochen taktlos von mir."

Er wirkte ehrlich zerknirscht und verneigte sich trotz der Enge des Wagens so tief wie irgend möglich.

Jane konnte sich endgültig nicht mehr beherrschen und kicherte los. Der Gedanke, ihre Großmutter auf einem Elefanten, inmitten einer berittenen Jagdgesellschaft, erheiterte sie immer mehr.

Erst Lady Doras Blick, der dem den sie dem Rana eben zugeworfen hatte, um nichts nachstand, ließ sie verstummen.

„Entschuldigung Großmama", murmelte sie leise und wandte sich wieder dem Wagenfenster zu.

Vor dem Hotel verabredete man sich für sieben Uhr am nächsten Morgen und der Rana begleitete die beiden noch unter zahlreichen Entschuldigungen in die Lobby.

Dort verabschiedete er sich und Lady Dora ging, den Kopf sehr aufrecht haltend, vor Jane her bis zum Lift. Sie wartete, bis sie ihre Suite erreicht hatten.

Erst hinter der geschlossenen Tür warf sie ihre Seidenstola achtlos auf einen Stuhl und funkelte Jane an.

„Ich bin empört, Jane. Über das unglaubliche Verhalten des Rana und das kindische Umhergekichere deinerseits. Ich bin weder gebrechlich noch senil."

Ihre sonst so beherrschte Stimme zitterte geradezu vor Empörung.

Jane schenkte einen Whisky ein und reichte ihr das Glas.

„Bitte Großmama. Das Beste in einer solchen Situation ist doch immer noch ein guter, alter Glenfiddich." Mit einer Handbewegung wehrt Lady Dora das Glas ab.

Achselzuckend behielt Jane das Glas und trank die bernsteinfarbene Flüssigkeit sichtlich genussvoll selbst.

„Ich nehme lieber einen Sherry", sagte ihre Großmutter und runzelte leicht die Stirn, als sie sah, wie ihre Enkeltochter das Glas mit einem Zug geleert hatte.

„Tu das, Großmama. Ich gehe in mein Bett. Wir haben ja morgen einen langen Tag im Sattel vor uns." Mit diesen Worten küsste Jane die Wange ihrer Großmutter und ging in ihr Zimmer.

Der Whisky breitete sich wie ein angenehmes, warmes Feuer in ihrem Magen aus und gab ihr nicht nur das Gefühl von Wärme, sondern auch von Müdigkeit.

Schnell zog sie sich aus, machte eine kleine Katzenwäsche, wie sie es nannte und legte sich in das breite Bett. Sie zog das Moskitonetz fest um ihre Matratze und gähnte herzhaft.

Im Einschlafen fiel ihr noch einmal die Nachricht ein, die sie erhalten hatte.

Aber sie war einfach zu müde, um noch länger darüber nachzudenken.

Die Nacht war kurz und Jane fuhr unsanft aus dem Schlaf auf, als diskret, aber penetrant das Telefon an ihrem Bett läutete. Auf die freundliche Stimme, die ihr mitteilte, dass sie geweckt zu werden wünschte, konnte sie nur mit einem barschen „Danke", antworten, schleuderte die Bettdecke beiseite, um sich schließlich im Moskitonetz zu verheddern und kopfüber aus dem Bett zu stürzen.

Leise vor sich hin schimpfend, schlurfte sie ins Bad und erst eine kalte Dusche später saß sie mit ihrer Tasse Tee im Salon und konnte jetzt dem Rana seine Idee mit der Jagd verzeihen.

Lady Dora wirkte geradezu unverschämt ausgeschlafen und vital. Das bernsteinfarbene Jagdkostüm stand ihr ausgezeichnet und überhaupt schien sie prächtigster Laune.

„Ich erinnere mich noch genau an meine erste Jagd hier in Indien. Es war kurz nach meinem siebzehnten Geburtstag. Mein Vater war alles andere als begeistert das ich dabei sein sollte, aber ich habe ihn so lange gebettelt bis er schließlich einwilligte. Es war eine Tigerjagd. Der Tiger hatte bereits vier Menschen getötet, alles Bauern, die draußen auf ihren Feldern waren und der Raubkatze geradezu schutzlos ausgeliefert. Von den unzähligen Schafen und Ziegen, die er gerissen hatte, ganz zu schweigen."

„Und? Habt ihr ihn erlegt?", fragte Jane, die sich bereits die dritte Tasse Tee nachschenken ließ.

„Natürlich. Papa hat ihn höchstpersönlich geschossen und sein Fell liegt noch heute vor meinem Kamin."

Jane stellte ihre Tasse ab und lehnte sich zurück.

„Ach, der war das? Und wen jagen wir heute? Eich-
hörnchen?"

Lady Dora seufzte.

„Ach Jane. Du bist unverbesserlich. Enten, das hat
doch seine Hoheit gestern erwähnt."

„So, hat er? Naja, ist jetzt auch gleichgültig, ich gehe
mich fertig ankleiden."

Mit einem Lächeln verließ sie den Salon und ging in
ihr Zimmer, um ihre bequemen Reitsachen anzuzie-
hen. Dabei dachte sie an den Zettel von gestern. Sie
nahm ihn aus ihrer Tasche und drehte ihn in der
Hand hin und her.

Sie war überzeugt, dass Keki bei der heutigen Jagd
nicht anwesend sein würde. Aber sie nahm sich fest
vor, am Nachmittag das Haus der Familie Shigh auf-
zusuchen und dieses Mal würde sie mit ihr sprechen.

Sie legte den Zettel auf ihren Nachttisch und ging,
nachdem sie sich umgekleidet hatte, hinüber zu ihrer
Großmutter.

Der Rana hatte ihnen einen Wagen kommen lassen
und sie fuhren eine gute Stunde hinaus in ein Reser-
vat, das ausschließlich der Jagd zur Verfügung stand.

An einem Jagdhaus, das eine wirklich bessere Be-
zeichnung verdient hätte, standen im Schatten uralter
Bäume einige Pferde, die von Bediensteten des Ranas
am Zügel gehalten wurden.

Der Rana selbst war im Gespräch mit Hari Shigh,
beide in moderner Reitkleidung, die man in England
oder Amerika tragen würde.

Sie unterbrachen ihr Gespräch als sich die beiden Damen näherten und verneigten sich.

Dann gingen alle gemeinsam zu den Pferden, die Lady Dora mit Kennermiene musterte.

Zufrieden lächelte sie und deutete auf eine helle Araberstute.

„Wenn ich diese reiten könnte?"

Der Rana verneigte sich leicht.

„Einen exzellenten Geschmack haben sie, Lady Dora. Ich hätte ihnen ebenfalls dieses Pferd vorgeschlagen. Und sie, Jane?"

Er wandte sich zu Jane um, die langsam an den Pferden entlangschlenderte.

„Was schlagen sie vor?"

Der Rana deutet auf einen dunklen Wallach, der etwas nervös den Kopf hin und her wandte.

Jane zog ihren Handschuh aus und strich dem Tier langsam, mit beruhigenden Worten, über die Nüstern.

„Ja, ich denke, er ist gut", sagte sie und zog ihren Handschuh wieder an.

Der Rana gab den Dienern ein Zeichen, die Sättel zu bringen.

Lady Dora pflegte noch immer, wie zu ihrer Jugend üblich, im Damensattel zu reiten. Obwohl das etwas antiquiert anmutete, wusste Jane, dass ihre Großmutter nicht nur eine gute Figur im Sattel machte, sondern auch eine exzellente Reiterin war.

Jane selbst, die sich ohne Hilfe anzunehmen in den Sattel schwang, stand ihrer Großmutter in punkto

Reittalent in nichts nach. Etwas, das Lady Dora zuweilen zu einem, bei ihr höchst seltenen Lob hinreißen ließ.

Janes Vater hatte darauf geachtet, dass seine Tochter schon sehr jung ein Pferd besaß. Sogar in dem Schweizer Internat, das sie besuchte, erhielt sie auf seinen ausdrücklichen Wunsch hin Reitunterricht. Gordon MacKenzie war ein begeisterter Jäger gewesen und seine Tochter ebenfalls.

Sie besaß eine ruhige Hand und ein gutes Auge.

Mit ihrer Großmutter kam es dann zu Missklängen, wenn es um die in England so beliebten Fuchsjagden ging, die Jane absolut ablehnte und begeistert war, als diese endlich verboten wurden.

Für sie war Jagd das, was es für ihre Ahnen gewesen war. Ein Mittel zu Nahrungsbeschaffung oder zum Schutz der Arten oder der Ernten.

Während der Rana ihnen die Gewehre aushändigen ließ und Jane das ihre mit wenigen, geübten Griffen kontrollierte, erklärte der Rana den Grund der heutigen Jagd. Die Population der Wildenten hatte überdimensional zugenommen und es würde sich ein Abschuss notwendig machen.

Sie sah zu ihm hinüber, wie er geschmeidig auf seinen weißen Araberhengst stieg und sie eher an einen Hollywooddarsteller erinnerte. Der Gedanke ließ sie schmunzeln.

Langsam setzte sich die kleine Jagdgesellschaft in Bewegung, gefolgt von einem guten Dutzend indischer Jagdhelfer die Hunde an der Leine führten.

Diese würden dann die abgeschossenen Enten bergen.

Der See tauchte nur wenige Minuten später hinter einer kleinen Steigung auf. Er schimmerte klar und dunkelblau in der hellen Morgensonne. Die Enten, aufgeschreckt durch das Bellen der Hunde, flogen in Scharen aus dem Schilf auf.

Jane zögerte nicht lange. Sie richtete sich in den Steigbügeln auf, zielte und schoss mit dem ersten Treffer eine Ente ab.

Ein Jagdhelfer ließ einen Hund los, der sich aufgeregt ins Wasser stürzte und die tote Ente am Hals heraustrug.

„Ein guter Schuss, Jane", lobte der Rana und Hari Shigh, auf seinem rotbraunen Wallach, nickte ebenfalls anerkennend.

„Es ist keine Kunst. Wenn einen die Enten faktisch vor das Gewehr fliegen und man nicht völlig blind ist", entgegnete Jane und lenkte ihr Pferd sanft zur Seite.

Der Rana deutete über den See.

„Von dort aus geht es noch besser."

Während der Jagdhelfer, ein älterer, sehr dünner Mann dem Hund die tote Ente abgenommen hatte, ritt Lady Dora ziemlich zügig an ihm vorbei, um auf die andere Seite des Sees zu gelangen, wie der Rana es vorgeschlagen hatte.

Der Jagdhelfer rief dem Hund etwas zu, der zu knurren begann und dabei die Stute der Reiterin ansprang.

Diese, plötzlich verängstigt, stieg auf die Hinterläufe. Lady Dora, die fest die Zügel umfing, versuchte ruhig auf das Tier einzureden.

Jane wandte sich um.

„Großmama", murmelte sie nur. Dann riss sie die Zügel herum, um schnellstmöglich in die Nähe von Lady Dora zu gelangen. Fast schien es, als sei es jener gelungen, ihre verschreckte Stute tatsächlich zu beruhigen, als der Jagdhelfer auf den Hund mit einer Reitpeitsche einschlug, der sich jedoch verbissen wehrte, was die Stute noch mehr zu verunsichern schien.

„Hören sie sofort auf", schrie Jane dem Mann auf Englisch zu. In diesem Moment war der Rana auch schon an ihrer Seite und schrie seinerseits auf Hindi den Mann an. Scheinbar befahl er ihm den Hund sofort in Ruhe zu lassen. In diesem Moment warf die völlig verstörte Stute Lady Dora in hohem Bogen ab. Instinktiv ergriff Jane, die jetzt ganz nahe herangeritten war, die Zügel des scheuenden Tieres und zog es mit sich.

So verhinderte sie zumindest, dass Lady Dora, die krachend auf dem harten Boden aufgeschlagen war, unter die Hufe der Stute geriet.

Dann sprang Jane von ihrem Wallach und rannte zu ihrer Großmutter. Im Vorbeirennen riss sie dem Jagdhelfer die Reitpeitsche aus der Hand und warf sie in hohem Bogen in den See.

Der Hund, so von seinem Peiniger befreit, rannte ins nahe Gestrüpp davon.

Dann kniete sich Jane neben ihre Großmutter, die
Gott sei Dank bei vollem Bewusstsein war.

„Es ist alles in Ordnung, Jane, nur…ich glaube, mein
Knöchel ist gebrochen."

Ihre Stimme klang beherrscht wie immer.

„Und sonst?", fragte Jane zögernd und legte sanft
eine Hand auf die schmale Schulter ihrer Großmutter.

„Es geht, danke."

Der Rana und Hari Shigh waren abgestiegen und
ersterer telefonierte bereits nach einem Arzt.

„Doktor Talfis wird in wenigen Minuten hier sein. Er
besitzt eine renommierte Privatklinik in der Nähe
und behandelt unsere Familie seit vielen Jahren."

Seine Augen suchten hektisch den See nach dem
Schuldigen dieses Debakels ab.

Jane hatte inzwischen ihre Jacke ausgezogen und
zusammengerollt unter den Kopf ihrer Großmutter
geschoben.

„Darsan, bitte, dem Hund soll nichts geschehen",
sagte sie leise und der Rana nickte.

„Natürlich. Wenn sie es so wünschen. Das ist mir
alles so unendlich peinlich."

„Der Hund kann nichts dafür", ließ sich plötzlich
Lady Dora vernehmen. Sie hatte sich etwas auf ihre
Unterarme aufgestützt und den Kopf gehoben.

„Ich habe es genau gehört. Es war der Mann, der den
Hund auf meine Stute gehetzt hat."

Lähmendes Schweigen war um sie herum.

Jane ließ ihren Blick schweifen, aber der besagte

Jagdhelfer war wie vom Erdboden verschluckt, was an sich kein Wunder war. Inzwischen rannten dutzende fast gleich gekleidete Männer umher, verunsichert durch das soeben erlebte.

„Ein bedauerlicher Irrtum, Lady Dora…", begann der Rana, aber die Angesprochene schüttelte den Kopf. Dabei verzog sie jetzt schmerzhaft das Gesicht.

„Ich weiß, was ich gehört habe, Hoheit."

Beruhigend nickte Jane.

„Natürlich, Großmama", murmelte sie und fing einen Blick des Ranas auf, der mehr als nur Sorge über den gebrochenen Fuß der alten Dame ausdrückte.

„Ich bin im Übrigen völlig klar im Kopf", ergänzte Lady Dora. Scheinbar hatte sie den Blick zwischen ihrer Enkeltochter und dem Rana sehr wohl bemerkt. Jane wusste in diesem Moment wirklich nicht, was sie erwidern sollte.

Einerseits zweifelte sie nicht an den Worten ihrer Großmutter, andererseits wäre die Alternative ungeheuerlich gewesen.

Sie war fast glücklich, als in diesem Moment ein heller Wagen auf das Gelände einbog und sie einer Antwort enthob.

Doktor Talfis war ein Mann mittleren Alters, sehr attraktiv und wirkte durchweg europäisch.

Fachkundig wandte er sich an seine Patientin. Er untersuchte sie kurz und gab dann zwei Männern, die mit einer Trage neben ihm standen, kurze, präzise Anweisungen. Während Lady Dora sehr vorsichtig auf die Trage gehoben und zum Auto getragen wurde, hielt Jane ihre Hand und ging neben den Männern her.

„Pass auf dich auf Jane, hörst du?"

Die Worte ihrer Großmutter klangen eindringlich und hallten in Janes Ohren nach, als die Türen des Wagens geschlossen wurden und dieser langsam anfuhr.

Wie paralysiert starrte sie dem Auto nach, als der Rana neben sie trat.

„Kommen sie, Jane. Wir fahren der Ambulanz nach. Sicher werden wir zeitgleich mit ihr im Hospital eintreffen."

Dankbar nickte Jane ihm zu und bestieg mit ihm den Landrover, der einem der Jagdaufseher gehörte.

Mit ziemlicher Geschwindigkeit folgten sie der Ambulanz.

„Es tut mir leid, dass ihre Jagd so enden musste, Darsan", sagte Jane nach einer Weile.

Der Rana zuckte die Schultern.

„Das ist alles unwesentlich. Viel schlimmer ist dieser bedauerliche Unfall und…"

Er sprach nicht zu Ende. Aber Jane verstand ihn und berührte kurz seinen Arm.

„Ich weiß nicht, warum Großmama so etwas gesagt hat. Sicher hat sie ihre Gründe dafür und wollte sie keinesfalls beleidigen."

Sie näherten sich dem Hospital von Doktor Talfis.

Die Privatklinik war ein kleines, weißes, flaches Gebäude, dass in der Sonne glänzte. Gebäude und anschließender Park ließen auf einen gewissen Wohlstand schließen. Kein Wunder, wenn die Familie des Rana hier langjähriger Kunde war.

Als der Landrover hielt, stand die Ambulanz mit geschlossenen Türen in der Auffahrt.

Am Empfang wurden der Rana und Jane sehr ehrerbietig begrüßt und in einen kleinen Salon gebeten. Dort standen bereits Erfrischungen bereit.

Jane ging unruhig auf und ab und dachte immer wieder über die Worte ihrer Großmutter nach.

Es dauerte eine knappe Stunde bis endlich Doktor Talfis, jetzt im weißen Kittel, eintrat.

Jane ging sofort auf ihn zu, aber er lächelte sie beruhigend an.

„Zuerst die schlimmere Nachricht. Der Fuß ist gebrochen und jetzt die Gute. Es ist eine saubere, glatte Fraktur, die bei entsprechender Fixation schnell heilen wird. Ansonsten ein paar Prellungen durch den Sturz. Aber keine inneren Verletzungen. Den Kopf möchte ich noch ein paar Tage im Auge behalten. Ich schließe eine Gehirnerschütterung nicht aus. Die Lady erschien mir doch ein wenig…durcheinander."

Als er Janes Stirnrunzeln bemerkte, hob er abwehrend die Hände.

„Nach einem solchen Sturz ist das keinesfalls ungewöhnlich. Es hätte viel, viel schlimmer enden können."

Jane holte tief Luft.

„Kann ich jetzt zu ihr?"

Wieder machte der Arzt eine bedauernde Geste.

„Ich hielt es für angeraten, sie etwas zu sedieren. Ihre

Großmutter sollte sich weder unnötig bewegen noch aufregen. Sie braucht jetzt dringend Ruhe. Bitte fahren sie in ihr Hotel. Wir werden sie sofort benachrichtigen, wenn eine Veränderung ihres Zustandes eintreten sollte."

Verständnisheischend sah er den Rana an als er bemerkte das Jane zögerte.

Dieser trat an sie heran und legte sanft seine Hand auf ihren Arm.

„Kommen sie bitte, Jane. Ich bringe sie zurück ins Hotel."

Sie nickte und ließ sich hinausführen, obwohl sich ihr Innerstes dagegen sträubte. Es ließ ihr keine Ruhe ihre Großmutter in dieser fremden Umgebung zurückzulassen.

Andererseits, Lady Dora kannte Land und Menschen, vielleicht fühlte sie sich gar nicht so fremd.

Der Rana hielt ihr die Wagentüre auf.

Ehe er sie schloss, fragte er: „Vielleicht möchten sie ja auch den Damen des Hauses Shigh einen Besuch abstatten?"

Jane schüttelte den Kopf.

„Nein, das wäre jetzt keine gute Idee. Bitte, Darsan, fahren sie mich zum Hotel zurück."

Er verneigte sich leicht und schloss die Tür des Wagens.

Jane nahm ein ausgiebiges Bad, hüllte sich in ihren Bademantel und sank auf das weiche Bett.

Der wenige Schlaf der vergangenen Nacht, die Aufregungen des Tages, es dauerte nicht lange und sie schlief ein.

Etwas fröstelnd erwachte sie in völliger Dunkelheit.

Sie erhob sich schwerfällig und tastete nach dem Lichtschalter.

Die Uhr zeigte 5:00 Uhr morgens. Jane gähnte und steckte die kalt gewordenen Füße zurück unter die Bettdecke.

An einen Bettpfosten gelehnt, versuchte sie ihren Kopf klar zu bekommen und die Lage zu überdenken.

Erst diese geheimnisvolle Warnung auf dem zugesteckten Zettel, dann der Sturz ihrer Großmutter.

Gab es wirklich einen Zusammenhang?

Sie sah auf ihren Nachttisch und runzelte leicht die Stirn. Hier hatte sie doch heute Morgen den Zettel abgelegt?

Auch der Zimmerservice würde einen solchen nicht einfach wegwerfen.

Sie sprang aus dem Bett und begann alles zu durchsuchen. Ohne Erfolg. Der Zettel blieb verschwunden.

Irgendwie fühlte sie einen unangenehmen Schauer zwischen den Schulterblättern. Warum passiert das alles? Nur weil sie ein paar neugierige Fragen gestellt hatte? Wohl kaum.

Sie sah wieder zu Uhr.

Jetzt konnte sie niemand in England anrufen, weder

den Professor noch Jack.

Sie griff trotzdem zum Hörer und rief Doktor Talfis Privatklinik an.

Eine Schwester teilte ihr sehr freundlich, aber bestimmt mit, Lady Dora Nottingham würde schlafen. Darüber hinaus bestehe kein Grund zur Sorge. Ihr Zustand sei stabil.

Jane legte einerseits beruhigt, andererseits ratlos den Hörer des antiken Telefons auf.

Mit ihrer Großmutter konnte sie sich also nicht besprechen. War das so beabsichtigt worden?

Diese Dinge schossen ihr wie Blitze durch den Kopf. Kurz nach 6:00 Uhr erhob sie sich, duschte und läutete dann nach dem Frühstück.

Während sie in ihr Toast biss, dass sie mit Ei und gegarter Tomate belegt hatte, versuchte sie ihre Gedanken weiter zu ordnen, was ihr einfach nicht gelingen wollte.

Irgendwie war da nur so eine Ahnung, anders konnte sie das Gefühl nicht beschreiben, dass des Rätsels Lösung bei der Familie Shigh lag und Gopal nur indirekt damit zu tun hatte.

Um sich zu beruhigen, stand sie entschlossen auf, nahm ihre Badetasche und ging hinunter zu dem überdachten, beheizten Pool.

Keiner der anwesenden Hotelgäste würde jetzt schwimmen gehen, nur die Angestellten sahen neugierig herüber, wer um diese Zeit seelenruhig seine Bahnen zog. Aber auch beim Schwimmen grübelte Jane weiter und nach einer guten Stunde ging sie wieder hinauf in ihre Räume.

Sie trank noch einen Tee und bat schließlich darum sie zu Doktor Talfis Privatklinik fahren zu lassen.

Es schien ein sonniger, angenehm warmer Tag zu werden. Die Hitze der vergangenen Tage war einem milden, angenehmen Klima gewichen.

Trotz der relativ frühen Stunde, zumal für indische Verhältnisse, schien sich niemand in der Klinik an ihrem Kommen zu stoßen und sie konnte sogar persönlich mit Doktor Talfis sprechen, der ihr frisch und außerordentlich gut gelaunt entgegenkam.

Er deutete auf die mit hellen Rattansesseln bestückte, verglaste Veranda.

„Ich bin sehr zufrieden mit dem Zustand ihrer Großmutter. Wir haben noch eine Computertomographie des Kopfes gemacht. Alles in bester Ordnung. Die Fraktur des Fußknöchels ist sauber und wächst hoffentlich gut zusammen. Es ist nur der Tatbestand, dass ihre Großmutter etwas erregt ist und leicht desorientiert. Gestern wäre sie fast aus dem Bett gestürzt. Eine Schwester sitzt jetzt bei ihr. Sie hat auch ein leichtes Beruhigungsmittel erhalten."

„Kann ich zu ihr?"

Jane hatte sich schon erhoben. Der Arzt nickte.

„Aber natürlich, nur bitte nicht so lange."

Er führte Jane persönlich zu dem Zimmer, in dem Lady Dora Nottingham untergebracht war.

Wie er gesagt hatte schien sie zu schlafen.

Eine junge, dunkelhäutige Schwester saß an ihrer Seite und blickte kurz auf, als sich die Tür öffnete.

Jane trat an das Bett, das mitten im Raum stand und von einem Moskitonetz umschlossen wurde.

Lady Dora sah etwas blass aus. Aber keinesfalls wirkte ihr Zustand auf Jane bedenklich.

„Großmama", flüsterte sie erst leise, dann etwas lauter.

Schließlich bewegten sich die schmalen, beringten Finger etwas unruhig über die Decke.

Jane schob das Netz auseinander und ergriff sanft die Hand. Lady Dora öffnete langsam die Augen. Es schien, als tauche sie vom Grund eines tiefen Sees auf.

„Jane?", flüsterte sie und hustete etwas.

Sofort war die Schwester an ihrer Seite und schob das Kissen tiefer in ihren Rücken.

„Sie sollten weiterschlafen, Mylady", sagte sie in einem erstaunlich akzentfreien Englisch und lächelte Jane verständnisheischend an.

„Großmama."

Janes Stimme wurde lauter. Sie kümmerte sich weder um das freundliche, glatte Lächeln der Schwester noch um deren erstaunten Blick, als ihre Stimme jetzt lauter wurde.

Lady Dora schlug abrupt die Augen auf.

„Jane, mein liebes Kind. Mir geht es gut. Gott hält es wohl etwas zu verfrüht, mich zu sich zu holen."

„Immerhin hat sie sich ihren schwarzen Humor bewahrt", dachte Jane und drückte die Hand ihrer Großmutter, die auf der leichten bunten Baumwolldecke lag.

Lady Dora erwiderte den Druck erstaunlich fest.

„Gehe jetzt, Kind und lass mich schlafen. Ich bin noch sehr matt."

Diese Aussage schien so gar nicht zu dem kräftigen Druck der Hand zu passen. Jane sah den strengen Blick der Schwester auf sich ruhen.

„Also gut. Wenn du es wünschst, Großmama."

Jane ließ die Hand los und trat einen Schritt vom Bett zurück. Plötzlich blinzelte Lady Dora ihr aus dem weichen Kissen zu.

„Luceo non uro", sagte sie mit leiser Stimme und schloss die Augen wieder. Verwirrt sah die Schwester Jane an, als sie diese zur Tür begleitete.

„Haben sie ihre Großmutter verstanden?", fragte sie und Jane bemerkte einen gewissen lauernden Blick.

„Nein", sagte sie nur kühl und stieg in den wartenden Wagen.

Sie ließ sich zur Familie Shigh fahren.

Es war inzwischen später Vormittag und eine durchaus passable Zeit für einen Besuch.

Das Verhalten ihrer Großmutter hatte sie völlig verwirrt. Ihr kräftiger Händedruck hatte eine gewisse physische Stabilität angedeutet, trotzdem erschien sie müde und verwirrt.

Jane sah aus dem Wagenfenster und nahm die morgendlichen Eindrücke des Landes auf.

Das Waschen der Frauen, Männer, die zusammenstanden und palaverten, Kinder, die durch eine Wasserlache tobten.

Plötzlich lachte sie unvermittelt auf und warf sich in

das helle Polster zurück. Der Chauffeur, ein sehr dunkelhäutiger Inder, sah besorgt in den Rückspiegel.

Jane legte die Hand auf den Mund und gluckste in sich hinein. Sie amüsierte sich über ihre eigene Einfältigkeit.

Ja, Lady Dora schien müde und verwirrt, aber sie war es nicht. Sie war klar und orientiert und eine exzellente Schauspielerin.

Warum konnte oder wollte sie nicht sprechen?

Langsam verschwand Janes Heiterkeit.

Ihre Großmutter hatte den Ernst der Lage blitzschnell erfasst. Ihr Unfall war keiner gewesen. Es war ein geplanter Anschlag und nun glaubte sie, ob es nun so war oder nicht, von ihren Feinden umgeben zu sein.

Wie auch immer, der Leitspruch der MacKenzies, den sie Jane zugeflüstert hatte, er bedeutete nichts anderes als das sie wusste was sie tat.

Seltsam, Jane hatte keine Angst um sie.

Lady Dora würde wissen was zu tun sei. Jetzt war es wichtig, die Nerven zu behalten, die Augen offen zu halten und die Gedanken frei.

Ganz gleich was geschah, Lady Dora kam jetzt ihre Haltung, die ein Teil ihrer Erziehung war und die sie ein ganzes langes Leben beibehalten hatte, zu Gute.

Jane bemerkte nicht, wie das Auto stoppte.

Erst als der Chauffeur für sie die Tür aufriss, schreckte sie auf und schwang die Beine heraus.

Sie ging unter seinem noch immer besorgten Blick auf das Haus zu und lächelte ihn an.

Ein Diener öffnete die Tür zum Haus und verneigte sich. Noch ehe sie etwas sagen konnte, kann ihr Phola Shigh in einem leuchtend roten Sari entgegengelaufen.

„Meine liebe Jane. Ich freue mich ja so sie zu sehen." Sie umfasste Janes Schultern und küsste ihre Wange. Ein Hauch schweren, orientalischen Parfüms umwehte Janes Nase. Dann deutete Phola nach vorn und sie führte ihren Gast in den kühlen Innenhof. Dort stand schon Tee und Gebäck bereit, als habe sie Jane erwartet.

„Meine Liebe, ich habe von dem schrecklichen Unfall ihrer verehrten Großmutter gehört. Wir alle waren sehr erschrocken. Aber der Rana versicherte uns, ihr ginge es schon besser."

Jane beeilte sich zu versichern das es an dem sei. Dann nahm sie eine Tasse Tee entgegen.

„Sie werden doch gewiss hier in Indien bleiben, bis ihre Großmutter genesen ist?"

Ganz kurz sah Jane über den Rand ihrer Teetasse, aber Pholas Blick war voller Mitgefühl.

Zögernd nickte sie. „Ja, wahrscheinlich."

Phola machte eine weitschweifende Geste.

„Wenn ihnen das Hotelleben zu trist erscheint, dann steht unser Haus zu ihrer Verfügung. Mein Mann ist damit einverstanden, keine Sorge. Ich weiß, in Europa und Amerika ist es durchaus üblich, dass eine junge Frau allein in einem Hotel lebt."

Sie brach ab und ließ Jane Zeit zu antworten.

„Danke für das nette Angebot. Aber ich werde vorerst im Hotel bleiben. Trotzdem, nochmals vielen Dank."

Ihre Gastgeberin zeigte sich keinesfalls gekränkt das sie ablehnte, sondern lächelte.

„Ich versuche es zu verstehen. Sie sind ihre Freiheit gewöhnt, liebe Jane. Aber seien sie trotzdem versichert, in unserem Haus wären sie ein geachteter Gast. Keiner würde es wagen ihre Freiheit einzuschränken."

Jane kostete noch etwas Tee. Sie fragte sich, was für ein Leben diese Frau wohl führte, ob sie jemals das Anwesen verließ.

„Ist Keki zu Hause?", fragte sie plötzlich direkt und prompt erschien auf Pholas makellosem Gesicht ein leichtes Stirnrunzeln.

„Natürlich. Wünschen sie das sie mit uns den Tee nimmt?"

Jane spürte deutlich das es ihrer Gastgeberin nicht recht war und die Höflichkeit hätte es geboten das sie nicht weiter auf Kekis Anwesenheit beharrt hätte. Aber sie tat es trotzdem. „Es wäre schön."

Phola Shigh machte ein Zeichen mit ihrer beringten, hennabemalten Hand und eine bisher unsichtbare Dienerin erschien.

Sie sagte ein paar Worte auf Hindi und die Frau zog sich verneigend zurück. Es dauerte nur eine kurze Zeit bis Keki erschien.

Ihr hübsches, schmales Gesicht war ernst, fast ängstlich. Sie richtete ihre großen samtfarbenen Augen auf Jane, dann verneigte sie sich rasch vor ihrer Schwägerin und dann vor deren Gast.

„Miss MacKenzie wünscht das du uns Gesellschaft leistest."

Pholas Tonfall war barsch und zeigte sehr deutlich das nicht sie es war, die die Gesellschaft des hübschen Mädchens wünschte.

Jane ergriff Kekis Hand.

„Ich freue mich das sie ein bisschen mit uns plaudern."

Das Mädchen senkte die dichten Wimpern.

„Sie sind sehr freundlich mit mir, Miss MacKenzie."

„Nennen sie mich bitte Jane, darf ich sie Keki nennen?"

Diese nickte kaum merklich und warf einen scheuen Blick zu ihrer Schwägerin. Diese hatte es sich inzwischen soweit beherrscht, dass sie Keki eine Tasse Tee einschenkte und reichte.

„Sie haben es hier sehr schön. Ich bewundere diesen Innenhof jedes Mal aufs Neue. Hier spürt man nichts von der Geschäftigkeit und Hektik draußen. Einfach wunderbar."

„Wir haben gelernt zu warten", sagte Keki leise, so leise, dass ihre Schwägerin, die gerade nach neuem Tee rief, es nicht hörte.

Jane schien das Thema zu gefährlich um Kekis willen und als Phola wieder zuhörte, fragte sie nach Sehenswürdigkeiten, die sie sich noch ansehen könnte.

„Ich weiß ja, dass Großmama bei Doktor Talfis in besten Händen ist und es geht ihr auch schon besser. Warum sollte ich nicht ein wenig mehr von diesem interessanten Land kennenlernen?"

„Sie sind Historikerin, nicht wahr?", fragte Keki.

„Ja. Obwohl es mein Vater gewiss lieber gewesen wäre, wenn ich Architektur studiert hätte und vielleicht seine Firma leiten würde. Aber er hat es immer akzeptiert. Meine Neigung zur Geschichte stammt wohl daher, dass ich aus einer sehr alten Familie stamme, mütterlicher- wie väterlicherseits. Es liegt sicher im Blut."

Phola betrachtete sie interessiert.

„Aber sie sind doch Engländerin?"

Obwohl Jane den Sinn der Frage nicht recht erfasste, zuckte sie leicht die Schultern.

„Nun, meine Mutter war Engländerin. Vaters Vorfahren waren Schotten und geboren bin ich in Amerika."

Sie warf einen Blick auf Keki, aus deren Gesicht plötzlich jeder Blutstropfen gewichen war. Trotz ihrer sanften Bräune wirkte sie blass und irgendetwas musste sie erschreckt haben.

Ihre Schwägerin klatschte geräuschvoll in die Hände.

„Keki, starre nicht so. Du bist unhöflich unserem Gast gegenüber."

Jane versuchte zu vermitteln. Sie legte ihre Hand sanft auf Pholas Arm.

„Vielleicht sollten wir einen kleinen Spaziergang machen? Das würde uns guttun, wenn es ihnen recht ist, selbstverständlich. Ihr Anwesen ist so prächtig, ich würde es gern näher sehen."

Um nicht unhöflich zu erscheinen willigte Phola ein,

nicht ohne Keki vorher einen tadelnden Blick zuzuwerfen.

Gemeinsam traten sie vom Innenhof durch eine kleine Pforte in den Park hinaus. Hohe Bäume spendeten
angenehmen Schatten und über kurz geschnittenen
Rasen, der jedem englischen Rasen standhalten konnte, liefen die drei Frauen auf ein kleines Gebäude zu.
Erst nach gut zehn Minuten ihres Spazierganges erkannte Jane, dass es sich um einen Tempel handeln
musste. Er war nicht groß, aber schon von außen
prächtig mit Mosaiken verziert. Sonst war er aus
schlichtem Sandstein.

Vor dem Tempel waren mehrere Abdrücke von
Händen an einer niedrigen Pforte.

Jane sah Phola an. „Sind das die Hände von Satis?"
Stolz nickte Phola. „Ja. In unserer Familie wurde
dieser Brauch hochgehalten. Heute ist es keiner Witwe mehr vergönnt eine Sati zu werden. Die Briten
haben es verboten und später auch unsere Regierung."

Jane zählte die kleinen, zarten Abdrücke. Es waren
fünfzehn. Einige nicht viel größer als Kinderhände.

„Erlauben sie die Frage, Phola. Würden sie Sati werden wollen?"

Einen Augenblick glaubte Jane, sie sei mit dieser
Frage zu weit gegangen. Aber dann sah sie ein Fun-
keln in den Augen der Frau.

„Ja. Das würde ich, aus freien Stücken und mit Stolz.
Den hat man uns mit diesen Verboten genommen."
Jane sah Keki an, die sich abseits hielt und den Ein-

druck vermittelte als würde sie trotz der Wärme frieren. Phola war ihrem Blick gefolgt.

„Keki glaubt, sie ist eine moderne Frau. Sie würde niemals Sati werden, nicht wahr? Du bist schuld, dass unser Land seine Sitten vergisst. Du und deinesgleichen."

Es war wie das Zischen einer Schlange und Keki stand da, still, zitternd und ließ alles über sich ergehen.

Eine Sekunde später lachte Phola auf, ein feines melodisches Lachen.

„Entschuldigen sie, liebe Jane. Wie konnte ich mich nur so vergessen. Ihnen muss das alles fremd erscheinen. Bitte verzeihen sie mir das ich mich so ereiferte."

Sie verneigte sich entschuldigend, dann öffnete sie die Tür und deutete in das Innere. Keki und sie zogen die schmalen Stoffschuhe aus und Jane folgte ihrem Beispiel. Der Marmorboden war angenehm kühl.

Sie betraten einen Raum, der voller Duft von Räucherstäbchen war und von Kerzen erhellt wurde.

In der Mitte des Raumes saß eine Göttin, fast lebensgroß, geschmückt mit Blumen. Ihr Blick war zornig, grimmig, aber auch kalt.

Die Göttin Kali, die Blutgöttin.

Während Phola und Keki sich tief verneigten, starrte Jane die Figur an.

Also hatte der Professor recht. Sie erinnerte sich plötzlich wieder an das Gespräch zwischen ihm und Professor Nandun, er hatte es ihr gegenüber erwähnt.

Sie wartete diskret bis die beiden Frauen ihr Gebet beendet hatten und folgte ihnen wieder nach draußen. Tief atmete sie die warme, aber klare Luft ein.

„Unsere Religion muss ihnen fremd vorkommen", sagt Keki.

Jane lächelte etwas. „Wissen sie, ich bin katholisch. Das kommt auch manchem meiner Bekannten fremd vor. Nein, ich finde ihre Religion faszinierend. Die Göttin Kali wird im Allgemeinen als Rachegöttin beschrieben."

Phola schob ihren Arm in den von Jane und trennte sie damit von Keki.

„Ja. Aber sie ist auch die Göttin der Fruchtbarkeit. Jede Frau sollte zu ihr beten, darum tue ich es und Keki auch."

Sie schlenderten zurück. Phola wies sie noch auf diese und jene Schönheit des Parkes hin, der einzigartig war. Aber sie ließ ihr keine Gelegenheit mehr mit Keki zu plaudern.

Schließlich kamen sie auf Janes Frage nach weiteren Sehenswürdigkeiten zurück.

„Ich würde ihnen Fatehpur Sikri, die verlassene Stadt empfehlen. Es ist nicht weit von hier und wunderschön", ließ sich schließlich Keki vernehmen.

Inzwischen waren sie wieder im Innenhof angekommen.

„Das ist eine ausgezeichnete Idee", sagte Jane, die sich zum Aufbruch entschlossen hatte. „Vielleicht schon morgen. Würden sie mich begleiten, Keki?"

Phola fuhr herum und nahm Janes Hand.

„Ich muss leider im Namen meiner Schwägerin ablehnen. Sie hat noch so viele Pflichten im Hinblick auf
ihre baldige Hochzeit und es wäre außerdem nicht
schicklich."

Jane lächelte.

„Natürlich. Also, ich bedanke mich für diesen schönen Tag bei ihnen."

Sie küsste Phola auf die Wange und wandte sich
dann an Keki. In diesem Moment kam eine Dienerin
herein, verneigte sich tief, und sagte etwas zu Phola.
Keki umarmte plötzlich Jane und flüsterte in ihr Ohr:
„Morgen früh um neun. Fahren sie hin und erwarten
sie mich am Siegestor."

Dann verschwand sie durch einen der Bogengänge
und Phola, die inzwischen die Dienerin entlassen
hatte, begleitete Jane hinaus.

Den Nachmittag verbrachte Jane ziemlich ratlos und unruhig im Hotel.

Zweimal hatte sie noch in der Klinik angerufen. Beide Male versicherte man ihr, ihrer Großmutter ginge es den Umständen entsprechend gut. Doktor Talfis sehe stündlich nach ihr, aber sie schlafe noch.

Jane saß auf der kleinen Terrasse, die zu ihrem Zimmer gehörte und sah zu dem endlos scheinenden Horizont mit einer karg wirkenden Steppenlandschaft.

Zum ersten Mal empfand sie dieses Land als bedrohlich. Sie hatte plötzlich das Gefühl, von allen Seiten eingekreist zu sein.

Was wollte Keki ihr sagen und wozu wählte sie einen so ungewöhnlichen Ort?

Was war mit ihrer Großmutter? Hatte sie recht und es war kein Unfall, sondern ein Anschlag?

Energisch schob sie den leichten Rattansessel zurück, sodass dieser zu Boden stürzte und ging zurück in ihr Zimmer.

Sie nahm den Telefonhörer des elegant-antiken Telefons ab, legte ihn aber nach einigem Zögern auf.

Was, wenn der verschwundene Zettel mit Kekis Warnung nicht durch Zufall weggeworfen worden wäre?

Man konnte auch leicht ihre Telefonate abhören.

Sie nahm ihr iPhone aus der Tasche und wählte Jack Davids Nummer. Kein Zeichen erfolgte.

Sie runzelte die Stirn, versuchte es nochmals, um festzustellen, dass ihr Telefon nicht mehr funktionierte. Kein Telefonat, keine Internetverbindung.

Sie spürte wie ihre Handflächen feucht wurden.

Nur jetzt nicht panisch werden. Das alles konnte ein Zufall sein versuchte sie sich einzureden, obwohl sie genau wusste, so viele Zufälle gab es nicht, höchstens in einem schlechten Kriminalroman.

Entschlossen zog sie sich um. Sie wählte eine sportliche Hose, eine leichte Bluse und nahm ihre Tasche.

Als sie das Hotel verlassen wollte, winkte der Portier sofort einen Wagen heran.

Lächelnd bedankte sich Jane und stieg ein. Sie bat den Fahrer sie in die Stadt zu fahren. Sie fragte ihn, wo sie am besten Einkäufe tätigen könnte.

Dieser nickte, machte einige Vorschläge und fuhr sie durch das nachmittägliche Gewühl einer Stadt wie Agra.

An einem Schmuckladen hielt er an und ließ Jane aussteigen. Sie bemerkte sofort einen jüngeren Mann, der sich scheinbar wortlos mit dem Chauffeur verständigte.

Ihre Überwachung hatte begonnen.

„Warten sie bitte hier, es dauert nicht lange", sagte sie und betrat den geräumigen Juwelierladen, der zu ebener Erde der schmalen Straße lag.

Der Besitzer, ein fülliger Nordinder, begrüßte sie herzlich und legte ihr seine besten Stücke vor.

Jane interessierte sich nicht für die erlesenen Schmuckstücke. Sie verstand es aber hervorragend Interesse zu heucheln.

Dabei nahm sie den Ausgang genau ins Visier.

Ihr Verfolger hatte sich draußen ganz unauffällig positioniert. Er sprach mit ein paar jungen Männern, die über seine scheinbaren Scherze lachten.

Völlig unauffällig, hätte Jane diese Strategie nicht durchschaut.

Der Wagen des Hotels stand noch immer mit laufendem Motor fast vor der Tür.

Gerade wurde ihr ein Armband mit Smaragden angeboten, einschließlich eines Kompliments im Vergleich der Steine zu ihren Augen.

Da entdeckte Jane einen leichten Gazevorhang und dahinter eine Tür. Natürlich hatte dieses Geschäft einen Hinterausgang in die übrigen Räume des Hauses.

Jane legte lächelnd das Smaragdarmband aus der Hand.

„Es gefällt mir wirklich ausnehmend gut."

Der Besitzer klatschte in die Hände und durch den Gazevorhang trat eine ältere Frau. Sie verneigte sich vor Jane und trug ein Tablett mit Tassen und Gebäck herein.

„Erweisen sie mir die Ehre, Lady", sagte der Besitzer, auf das Tablett deutend.

Jane lächelte immer noch. Sie hatte das Gefühl langsam einen Krampf in der Gesichtsmuskulatur zu bekommen.

Dann musterte sie die Frau, die mit schnellen, flinken Bewegungen den Tee einschenkte. Sie mochte Mitte bis Ende vierzig sein, ebenso korpulent wie der Besitzer und sicher seine Ehefrau.

„Entschuldigen sie. Aber könnte ich bei ihnen die Waschräume aufsuchen?"

Die Frau hob langsam den Kopf und lächelte.

Sie verstand scheinbar genügend Englisch, um Janes Wunsch zu deuten. Sie zeigte auf den Gazevorhang.

Jane versicherte sich durch einen Blick auf die Straße, dass ihr Vorhaben nicht entdeckt würde.

Dann folgte sie der Frau des Hauses durch ein paar dunkle, enge, muffig riechende Gänge.

„Hier", sagte diese und blieb so abrupt stehen, das Jane fast auf sie aufgeprallt wäre.

Die Toilette erwies sich als ein kleiner, nicht gerade hygienisch cleaner Raum mit einer Toilette und einem Waschbecken.

Was Jane aber mehr interessierter, war das Fenster.

Es war schmal, aber nicht vergittert. Jane konnte es mit der Hand erreichen und öffnete es.

Dann kletterte sie auf das Toilettenbecken und spähte hinaus. Ihr Herz machte vor Freude einen Satz.

Es führte in einen Hinterhof, der voller Unrat lag.

Aber es war keine Menschenseele zu sehen.

Nach einigen erfolglosen Versuchen gelang es ihr schließlich, sich durch das Fenster zu quetschen und im Innenhof recht unsanft auf mehreren alten Autoreifen zu landen. Blitzschnell versuchte sie sich zu orientieren.

Zuviel Zeit durfte sie nicht verlieren. Die Frau des Juweliers würde auf sie warten und sicherlich Alarm schlagen, käme sie nicht wieder heraus.

Vorsichtig stieg sie über den Abfall und entdeckte

einen Ausgang aus dem Innenhof, der wiederum in einen anderen führte.

Dieser einzige Ausgang wurde von einem großen, gelben, verwahrlosten Hund blockiert, der Jane mehr neugierig als aggressiv musterte.

Mit langsamen Schritten näherte sie sich diesem, leise auf ihn einredend. Sie hatte Glück. Der Hund schnüffelte sie nur an und ließ sie vorbei.

Der zweite Hinterhof erwies sich als Ausgang auf die Straße, die scheinbar parallel zu jener lag, wo der Chauffeur und der Spion auf sie warteten.

Jane wollte unnötiges Aufsehen vermeiden.

Sicher würde man sie vermissen. Sie war hier so auffällig wie ein Elefant mitten in London.

Sie blieb bedeckt durch die niedrigen Häuser stehen und entdeckte bald wonach sie suchte. Ein gelbes Schild mit der Aufschrift ISD/STD.

Hier konnte sie zumindest telefonieren. Gemächlichen Schrittes überquerte sie die Straße und betrat den Laden. Er war gut besucht und es wurde viel, laut und mit teilweise großer Gestik durcheinander erzählt. Erstaunte Blicke trafen sie.

Was suchte eine Europäerin her?

Jane fragte den noch jungen Besitzer, ob sie nach England telefonieren könne und dieser nickte erfreut.

Er führte sie in eine Ecke, wo ein einfacher Holzhocker vor einem erstaunlich modernen Telefongerät stand.

Schnell wählte Jane die Nummer und trommelte mit den Fingern auf ihren Oberschenkel.

„Geh ran, geh ran", murmelte sie.

Plötzlich ertönte eine vertraute Stimme.

„Ja? Hier Davids."

„Jack? Ich bin es, Jane."

Sie hörte ein erleichtertes Seufzen am anderen Ende.

„Mein Gott, Jane. Ich versuche sie überall zu erreichen. Ihr Handy geht nicht, im Hotel sagte man mir sie seien nicht zu erreichen. Was ist denn los?"

„Hören sie zu, Jack. Großmama hatte einen Jagdunfall. Sie liegt in einer Klinik und hat sich den Fuß gebrochen. Sie selbst behauptet, es sei kein Unfall gewesen, sondern ein Anschlag."

Jane hörte Jacks Stöhnen, aber sie fuhr ungerührt fort.

„Ich kann jetzt hier nicht weg. Ich werde Großmama nicht allein lassen. Aber ich kann nicht so telefonieren wie ich es will. Man hört mich vielleicht ab im Hotel und man hat mein iPhone außer Gefecht gesetzt."

„Jane." Jacks Stimme übertönte ihre Ausführungen.

„Jane, sind sie wahnsinnig? Gehen sie zur Polizei, zur Botschaft, was weiß ich wohin. Sie sind in Lebensgefahr und Lady Dora auch."

„Ich werde sie jeden Tag anrufen, Jack, auch wenn man uns abhört. Ich rede irgendetwas unverfängliches. Morgen früh werde ich mehr wissen, ich…"

Ein lautes Knacken in der Leitung und die Verbindung war unterbrochen.

Jane sagte etwas sehr undamenhaftes und spähte nach dem Besitzer. Dieser wurde von den anderen Nutzern von Telefon und Internet gerade protestierend umlagert und hob resigniert die Hände.

Dann ging er zu Jane, probierte hilfsbereit noch zweimal eine Telefonverbindung, aber ohne Erfolg. „Das kommt leider immer wieder einmal vor. Aber in ein paar Stunden ist es sicher wieder in Ordnung", sagte er freundlich und zähneknirschend bezahlte Jane.

Sie verließ das Geschäft und sah sich auf der Straße um. Ein Karren, gezogen von einem Dromedar, kam vorbei und der Wagenlenker, ein altersschwacher, sehr dünner Mann, sah sie erstaunt an.

Dann bemerkte sie wieder das Hoteltaxi und auch den jungen Mann. Sie blockierten beide Seiten der Straße und machten es ihr unmöglich, unauffällig zu verschwinden.

Einen Augenblick spielte sie mit dem Gedanken, sich auf die Dromedarkarre zu schwingen. Aber das hätte ihrer lächerlichen Flucht durch ein Toilettenfenster und diverse Hinterhöfe wohl noch die Krönung aufgesetzt.

Sie saß wie eine Spinne im Netz und während sie noch einen würdigen Ausweg aus dieser Lage suchte, bog um die Ecke des morschen, mit dünner rosa Farbe gestrichenen Hauses, der Rana von Katun. Jane stieß einen Seufzer der Erleichterung aus und eilte auf ihn zu.

„Gott sei Dank, Darsan. Sie kommen wie ein rettender Engel."

Mit einer Kopfbewegung deutete sie auf das Auto und den jungen Mann am anderen Ende der Straße. „Diese beiden verfolgen mich."

Der Rana nahm ihre Hände in die seinen und lächelte.

„Auch ich bin froh, sie gesund und heil vor mir zu sehen, Jane. Haben sie keine Angst. Diese beiden Männer werden von mir bezahlt und sind für ihre Sicherheit verantwortlich. Ich war sehr wütend als sie mir mitteilten, sie sein aus dem Haus des Juweliers verschwunden."

Jane sah ihn erstaunt an.

„Sie haben das veranlasst?"

Der Rana winkte das Hoteltaxi heran und der Chauffeur sprang heraus und verneigte sich vor Jane.

„Verzeihen sie mir, Memsahibs, aber…"

Mit einer harschen Geste unterbrach der Rana das Entschuldigungsgestammel des Mannes und half Jane beim Einsteigen.

„Ich hätte ihnen meine Pläne mitteilen müssen. Aber jede Minute erschien mir kostbar und sie sind eine sehr selbstständige, impulsive junge Dame."

Jane drückte sich tief in das helle Lederpolster und schloss für einen Augenblick die Augen.

Scheinbar hatte sie recht mit ihren Befürchtungen.

Dies alles waren keine Zufälle.

Mit etwas belegter Stimme fragte sie: „Glauben sie denn das ich in Gefahr bin?"

Der Rana nahm wieder ihre Hand in die seine. Es war ein angenehmes, beruhigendes Gefühl, dem sich Jane in diesem Moment gerne hingab.

„Ja. Sonst würde ich nicht zu solch außergewöhnlichen Mitteln greifen. Was wollten sie unbedingt in der Stadt erledigen?"

„Anrufen. Ich hatte die Befürchtung, dass ich im Hotel abgehört werde und seltsamerweise ist mein iPhone plötzlich kaputt."

Der Rana nickte.

„Und? Hatten sie Erfolg?"

Jane zögerte eine Weile. Sie spürte seine Sorge um sie und war froh, ihn jetzt an ihrer Seite zu haben.

Aber würde er verstehen, dass sie mit einem Journalisten so gut befreundet war, dass sie ihn regelmäßig anrufen wollte, um ihn zu beruhigen?

Ihre Großmutter hatte sie nicht umsonst vor dieser anderen Kultur und dem Verständnis von Moral gewarnt.

„Nein, es ging nicht. Stromsperre."

Langsam näherten sie sich dem Hotel.

„Jane. Bitte bleiben sie auf ihrem Zimmer und warten sie auf eine Nachricht von mir."

Er deutete auf seinen Siegelring.

„Ich werde die Nachricht mit diesem Ring signieren. So kann niemand eine Nachricht an sie fälschen. Bitte vertrauen sie mir."

Er umschloss ihre Hand noch etwas fester.

„Bitte", wiederholte er und sah sie mit seinen ausdrucksvollen, dunklen Augen an.

Jane nickte. Er löste seine Hand und umfasste behutsam ihre Schultern. Jane spürte was jetzt kommen würde und wusste nicht, wie sie auf einen Kuss von ihm reagieren sollte, so sehr sie sich wünschte das er ist tat.

Er presste seine Lippen auf ihre Stirn, ganz sanft und behutsam.

„Ich muss ihnen gestehen, dass meine Angst auch meiner Zuneigung für sie entspringt, Jane, meiner tiefen, sehr tiefen Zuneigung."

Jane räusperte sich etwas.

„Ich mag sie auch, Darsan, aber…"

Er legte behutsam seinen Finger auf ihre Lippen.

„Nein. Sagen sie jetzt nichts, kein aber. Wir werden darüber sprechen, sehr lange und in Ruhe sprechen, wenn diese unwürdige Situation hier vorbei ist."

„Darsan? Ist meine Großmutter auch in Gefahr?"

Er sah sie an wie jemand, der willkürlich den Zauber des Augenblicks gestört hatte. Unverwandt fixierte er sie, bis er schließlich seufzend den Kopf sinken ließ und seine Hände von ihren Schultern zurückzog.

„Nein, Jane. Lady Dora ist bei Doktor Talfis in den besten Händen. Darum habe ich auch darauf bestanden, dass sie dortbleibt."

Erleichtert atmete Jane auf.

„Aber wie geht es jetzt weiter? Ich kann ja nicht ewig in meinem Hotelzimmer sitzen und abwarten. Sollte ich nicht die Botschaft informieren?"

„Nein. In ein bis zwei Tagen ist alles vorbei."

Seine Hand berührte den Türöffner, noch bevor der Chauffeur diese aufreißen konnte.

„Was ist dann vorbei? Sagen sie es mir, bitte. Um was geht es hier eigentlich? Keki Shigh hat mir schon eine Warnung zukommen lassen. Ich will sie morgen unbedingt treffen."

Seine Hand fuhr zurück und umklammerte Janes
Handgelenk so fest, dass diese leise aufschrie.

„Das dürfen sie nicht. Sie dürfen sich nicht mit ihr
treffen. Nicht mit jemanden der Familie Shigh. Ver-
sprechen sie es mir. Ich werde ihnen alles erklären.
Bitte, vertrauen sie mir. Es ist für mich auch eine Frage der Ehre. Ich würde mein Gesicht verlieren, wenn
sie zur Botschaft gingen und irgendetwas von diesem
Skandal an die Öffentlichkeit dringt. Ich flehe sie an,
geben sie mir ein paar Stunden Zeit. Dann werde ich
alles bereinigt haben und kann es ihnen erklären.
Vertrauen sie mir?"

Jane sah, das ihm Schweißperlen auf der Stirn stan-
den und verstand. Sie schien hier in eine teuflische
Intrige hinein geraten zu sein, die sich über die ganze
Familie Shigh erstreckte und mit Sicherheit auch eine
Verbindung zu Gopal und den Mord in Oxford hatte.
Darsan hatte seine Hand von ihrem Arm gelöst und
half ihr beim Aussteigen.

„Warten sie auf meine Nachricht, bitte", sagte er
nochmals und verneigte sich dann vor ihr. Er stieg
wieder in das Auto und fuhr los.

Jane fragte sich plötzlich, warum ihr der Rana nicht
sein Handy zum Telefonieren angeboten hatte.

Noch am gleichen Abend erhielt Jane eine Nachricht, versehen mit dem Siegel des Rana.

Sie öffnete den Brief und konnte seine klare, geschwungene Handschrift ebenso wie sein korrektes Englisch bewundern. Seine Anweisungen waren einfach und präzise.

Jane packte ihre Koffer mithilfe zweier Zimmermädchen zusammen und meldete an der Rezeption ihre sofortige Abreise an.

Dann bestellte sie ein Hoteltaxi nach Delhi zum Flughafen. Als man ihr Gepäck nach unten trug, zog Jane nochmals die wenigen Zeilen der Nachricht aus ihrer Tasche.

Der Rana hatte ihr versichert, dass einer seiner Leute, wahrscheinlich der Mann vom Vormittag, sie zum Flughafen fahren würde. Ihre Großmutter sei ebenfalls bereits auf dem Weg dorthin, begleitet von Doktor Talfis.

„Ihr Taxi steht bereit, Ma´am."

Einer der Angestellten verneigte sich und begleitete sie zum Lift.

Es war wirklich der Chauffeur vom Vormittag, der ihr die Tür der Limousine aufhielt.

Jane setzte sich erleichtert in das helle Polster und warf noch einen letzten Blick auf das Hotel.

Sie hatte nichts von dem aufgeklärt was sie sich gewünscht hatte. Aber vielleicht konnte ihr der Rana noch Informationen über die Familie Shigh geben. Während der Wagen den breiten, weißen Kiesweg hinab rollte, musste Jane unwillkürlich an Keki denken.

Es ging ihr einfach nicht in den Kopf, dass dieses liebenswürdige Geschöpf sie in eine Falle locken wollte. Vielleicht hatte der Rana sich geirrt oder Keki stand so sehr unter dem Einfluss ihrer Familie, dass sie Jane zwar warnen wollte, aber letztendlich doch zum Äußersten getrieben wurde. Aber was war das Äußerste?

Je weiter Jane sich vom Hotel entfernte, umso klarer glaubte sie denken zu können. Irgendjemand hatte versucht Lady Dora auszuschalten, aber warum? War sie, unwissentlich, auf eine Sache gestoßen, die für den Fall von entscheidender Bedeutung war? Warum waren ihre Verbindungen nach England unterbrochen worden?

Sie beugte sich etwas zum Fenster und sah unwegsames Gebiet. Jenseits der Straße, auf der sie angereist waren, befanden sie sich auf einer Huckelpiste, für die eine solche Limousine wohl kaum geeignet war.

„Fahren wir nicht nach Delhi?"

Jane gab sich Mühe, ruhig und beherrscht zu klingen.

„Seine Hoheit steigt noch zu uns", antwortete der Chauffeur und spähte wieder über den ausgefahrenen Weg.

Jane war beruhigt. Natürlich, der Rana wollte ja noch zusteigen und sie persönlich und sicher, wie er in seinem Schreiben versichert hatte, zum Flughafen bringen.

Plötzlich bremste der Fahrer so stark, dass Jane erst

nach vorne geschleudert wurde und dann wieder zurück ins Polster.

Ihr Arm schmerzte und erschrocken presste sie sich die Hände vor ihr Gesicht.

„Passen sie doch auf", herrschte sie den Chauffeur an, der aufgeregt in einer Tasche auf seinem Beifahrersitz wühlte.

Ein scharfer Krankenhausgeruch stieg Jane in die Nase und blitzschnell begriff sie. Äther.

Sie wollte die Tür öffnen, aber das Auto war zentralverriegelt.

Der Chauffeur griff nach hinten, packte Janes langes Haar mit einem derben Griff und zog sie nach vorn. Aller Widerstand ihrerseits half nichts und der Schmerz ließ ihr die Tränen in die Augen treten.

Er drückte ihr einen mit Äther getränkten Wattebausch auf Mund und Nase und ihr Widerstand erlahmte.

„Glauben sie, ich würde sie belästigen, wenn ich nicht Grund zu der Annahme hätte, Miss MacKenzie ist in Lebensgefahr?"

Jack Davids, der Topjournalist des *Star*, wie er allgemein bezeichnet wurde, sah Detective Inspector Peter Brown grimmig an.

Beide standen sich im hellen, sonnenüberfluteten Büro Peters im Scotland Yard gegenüber und dieser starrte den Journalisten seinerseits nicht minder wütend an.

„Und ich sage ihnen nochmals, Mister Davids, Jane MacKenzie ist auf einer Bildungsreise mit ihrer Großmutter und ich habe keinerlei Hinweise, dass sie oder Lady Dora Hilfe von Scotland Yard benötigen oder wünschen. Guten Tag."

Jack Davids zog die Schultern nach oben wie ein angriffslustiger Stier und musterte den, wie immer tadellos gekleideten Detective Inspector.

„Arrogantes Arschloch", dachte er, hütete sich aber es auszusprechen, obwohl sein Gegenüber sehr deutlich an seiner Mine ablesen konnte was er dachte.

„Dann eben nicht."

Mit einem Schritt war der Journalist aus dem Raum und ließ die Tür so geräuschvoll ins Schloss fallen, dass aus einigen der benachbarten Büros Köpfe herausgestreckt wurden.

Detective Inspector Peter Brown nagte an seiner Unterlippe.

Was zum Teufel tat Jane wieder?

Sie mischte sich in einen Fall ein, erschien im Gerichtssaal und erzählte ihm noch, sie reise nach Schottland ab. Natürlich hatte er ihr nicht eine Sekunde diese Lüge abgenommen und sehr schnell erfahren, dass sie mit ihrer Großmutter nach Indien geflogen war. An Zufälle solcher Art glaubte er bei ihr schon lange nicht mehr.

Sollte sie sich jetzt wirklich in Gefahr befinden?

Die Äußerungen des Journalisten waren mehr als wage gewesen und seine Andeutungen zu zwei Entführungsfällen entbehrten, zumindest in diesem Zusammenhang, jeglicher Grundlage.

Jane MacKenzie hatte nach seiner Aussage noch gestern mit ihm telefoniert und das ihr Gespräch unterbrochen worden war, nun ja, so etwas kam in Indien täglich vor.

Heute Morgen hatte man ihm dann im Hotel gesagt, Miss MacKenzie sei abgereist. Was war daran ungewöhnlich?

Detective Inspektor Brown seufzte leise.

Janes spontane Einfälle hatten auch schon ihn zur Verzweiflung gebracht. Vielleicht hatte sie wirklich etwas im Zusammenhang mit Gopal Shigh herausgefunden und sich deshalb zur sofortigen Abreise entschlossen?

Er nahm den Hörer vom Telefon und bat um eine Verbindung zum Flughafen Neu-Delhi.

Währenddessen er auf den Rückruf wartete, trat er zum Fenster. Er sah direkt zur Straße hinaus und beobachtete eine japanische Touristengruppe, die sehr geordnet vor dem Gebäude von New Scotland

Yard aufmarschierte und scheinbar wie auf Kommando auf die Auslöser ihrer Fotoapparate und Smartphones klickten.

Endlich kam das Gespräch.

Nach einer Weile von Weiterleitungen an andere Verantwortliche und schlechter Hörqualität erfuhr er, dass für heute Morgen ein Flug von Delhi nach London von einer Miss Jane MacKenzie gebucht worden war, aber die Dame nicht zum Abflug erschienen sei.

Verwirrt legte Peter Brown auf.

Das war doch etwas merkwürdig. Auf der einen Seite wehrte er sich strikt, Davids Recht zugeben, auf der anderen Seite war er verpflichtet, der Sache auf den Grund zu gehen.

Er drückte eine Sprechtaste.

„Sergeant Molder, bringen sie mir bitte die beiden Vermisstenakten Blade und Evans. Diese Indiengeschichte."

Mit einem Schwung warf er sich in den modernen Schreibtischsessel und trommelte mit den Fingern nervös auf die Schreibtischplatte.

Irgendwie fühlte er sich beunruhigt. Sollte hier wirklich ein Zusammenhang bestehen?

Später würde Peter Brown einmal sagen, dass an diesem Morgen schon alles verkehrt begann und er spürte, dass eine Menge Ärger ihn erwarten würde und eben an jenem Morgen sein ganzes weiteres Leben eine entscheidende Wende bekommen hatte. Selbst empfand er diesen Morgen erst einmal alltäglich. Seine kleine Wohnung in Nottinghill, wo er für eine stattliche Miete, aber immerhin standesgemäß als Detektive Inspektor lebte, und dass sich so sehr von seiner Kindheit im Arbeiterviertel von Birmingham unterschied, war hell und lichtdurchflutet wie immer, wenn es nicht gerade regnete.

Durch nichts und niemanden wollte er an diese Zeit erinnert werden, auch nicht durch das Aufstellen sentimentaler Kinderbilder.

Die Wohnung war minimalistisch - elegant eingerichtet. Eine Zugehfrau hielt sie zweimal wöchentlich sauber. Es hätte auch die Wohnung eines Bankers oder Jungmanagers sein können, von irgendjemanden, jederzeit austauschbar, denn sie hatte keine persönliche Note.

Peter Brown wollte sich Kaffee kochen. Er trank bevorzugt Kaffee, weil man früher bei ihnen zu Hause keinen Tee trank. Also behielt er zumindest das aus seinem alten Leben bei.

Nun waren ausgerechnet heute die Filtertüten alle. Er brummte ärgerlich, nahm es aber gelassen hin. Die Reinigung hatte seine Hemden nicht pünktlich geliefert, ein Punkt, der ihn sehr hart traf, denn er liebte eine tadellose, elegante Kleidung und so musste er auf ein Hemd zurückgreifen, das nicht, zu mindestens nach seiner Meinung, einhundertprozentig zu seinem Anzug passte.

Etwas ungehalten, müde und durstig betrat er die U-Bahn-Station, um festzustellen, dass seine Bahn eben abgefahren war.

Er hasste Unpünktlichkeit und war über sich selbst verärgert, als er mit hastigen Schritten und ziemlich abgekämpft sein Büro betrat.

„Sie sollen zum Chief kommen. Sofort.", empfing ihn Sergeant Molder und warf ihm einen fast mitleidigen Blick zu.

Peter legte seinen Mantel ab und nahm die beiden Treppen nach oben sehr schnell.

Die Sekretärin des Chief Inspektors musterte ihn kurz, dann öffnete sie die Tür zum Allerheiligsten, wie man das Zimmer des Chiefs nannte.

Dieser empfing seinen Detective Inspektor stehend und mit hochrotem Kopf.

Peter wusste, dass ein Unheil über ihn hereinbrechen würde, aber er wusste noch nicht warum.

„Sir", sagte er nur und dieser wedelte ihm mit der neuesten Ausgabe des *Star* vor dem Gesicht herum.

„Haben sie das gelesen, Brown?"

Peter schüttelte den Kopf und nahm die Zeitung aus der wild gestikulierenden Hand seines Chefs.

Jane MacKenzie -wahrscheinlich neuestes Opfer der Entführer in Indien

Etwas kleiner darunter stand: *Scotland Yard unternimmt nichts.*

Peter Brown presste die Lippen aufeinander.

„Dieser Schmierfink. Erst gestern habe ich ihm gesagt…"

Das Krachen einer Faust auf dem massiven antiken Eichenschreibtisch ließ ihn innehalten.

„Was haben sie unternommen, Brown? Ich meine, außer die Akten der beiden entführten Frauen vom vergangenen Jahr anzufordern? Was?"

„Sir, Miss MacKenzie…"

Sein Vorgesetzter kam bedrohlich nahe an ihn heran. Chief Inspector Winslet war ein großer, kräftiger, durchtrainierter Mann, dem man seine baldige Pensionierung nicht ansah.

„Wenn er so weitermacht wird er sie kaum erleben", schoss es Peter durch den Kopf, als er den immer mehr sich rötenden Kopf seines Vorgesetzten sah.

„Ich hatte heute Morgen einen Anruf vom Innenminister. Dieser hatte zuvor einen Anruf von Premierminister und dieser wiederum von ihrer Majestät. Wissen sie, dass Miss MacKenzie das Patenkind unserer Königin ist?"

„Ja, Sir."

Winslet stöhnte auf und blickte zur Decke.

„Mein Gott, Brown. Ihre Ruhe möchte ich haben. Hier klingelt sich das Telefon heiß, in ein paar Stunden legt man mir vielleicht nahe zurückzutreten und alles was sie sagen ist: Ja, Sir."

Er deutete auf das eher unscheinbare Telefon.

„Und um die Sache noch abzurunden, macht mir auch noch das FBI die Hölle heiß. Denn Miss Ma-

143

cKenzie ist nicht nur amerikanische Staatsbürgerin, sondern ihr Onkel hat scheinbar einen nicht unerheblichen Einfluss in den Staaten."

Seine Stimme war zumindest etwas abgeflaut und die Intensität seine Röte nahm langsam ab.

Er deutete auf einen Stuhl und Peter Brown setzte sich so unauffällig wie möglich.

Im Stillen verfluchte er Jane MacKenzie und Jack Davids. Die beiden hatten ihn in diese entwürdigende Lage gebracht. Nicht nur Chief Inspektor Winslet hatte mit seinem Rücktritt zu rechnen, auch er selbst konnte durchaus wieder alten Damen über die Straße helfen, wie sein Sergeant es auszudrücken pflegte.

„Nun? Haben sie eine brauchbare Idee außer: Ja, Sir?"

Sein Vorgesetzter sah ihn an und ließ sich in seinen Ledersessel fallen. Mit einem großen weißen Taschentuch wischte er sich über das fleischige Gesicht, das von Schweißperlen glänzte.

„Geht diese verdammte Klimaanlage wieder nicht?", murmelte er hinter dem Tuch, aber erwartete scheinbar keine Antwort auf diese Frage.

Während es in Peter Browns Kopf heftig arbeitete, klingelte das Telefon.

„Ja." Winslet drückte ärgerlich auf den Knopf, der ihn mit dem Büro seiner Sekretärin verband und die alle Anrufe entgegennahm.

„Gut. Soll reinkommen."

Die schmale Gestalt von Sergeant Molder schob sich durch die Tür.

„Verzeihung Sir, aber…"

Er deutete auf Detective Inspektor Brown.

„Reden sie."

Winslet schien selbst gespannt zu sein und Peter Brown war es auch.

„Professor Downsand hat natürlich Zeit für sie, Sir und er erwartet sie in einer halben Stunde", sagte der Sergeant zu Peter.

Winslets Augen sahen zwischen dem Sergeanten und dem Detective Inspektor hin und her.

„Downsand? Ja, gute Idee, brillant, ein Top Mann. Lassen sie ihn an den Fall ran. Täterprofil, was weiß ich. Ich brauche etwas für die Presse und dann fliegen sie nach Indien und holen sie die MacKenzie dort raus."

Mit einer Geste waren die beiden verabschiedet.

„Danke Molder", sagte Peter Brown leise, als sie das Vorzimmer des Chief Inspektors verlassen hatten.

Das spitze, blasse Gesicht des Sergeanten leuchtete kurzzeitig auf.

„Ich dachte, ich nehme ihre Gedanken vorweg, Sir. Professor Downsand erwartet sie zum Lunch."

Jane hatte nach ihre Blinddarmoperation dem Anäs-
thesisten einen heillosen Schrecken eingejagt. Eben
noch in Vollnarkose und an Überwachungsgeräten,
schlug sie plötzlich die Augen auf und erkundigte
sich höflich, ob denn alles glatt gegangen war.
Der arme Mann war vor Schreck fast gestolpert und
hatte sie entsetzt angestarrt.
Schon immer konnte sie, auch aus dem Tiefschlaf
heraus, klar und orientiert sein.
Auch als sie aus ihrer Äthernarkose erwachte, wusste
sie schlagartig was geschehen war. Sie war in eine
Falle getappt.
„Mist", war ihr erstes Wort und dann richtete sie sich
vorsichtig auf. Der Raum, in dem sie sich befand, war
durch diffuse Lichtquellen beleuchtet.
Sie sah das schmale Bett, auf dem sie lag und einen
Tisch. Dort standen eine Flasche Mineralwasser und
eine Schale mit Obst.
Zu mindestens wollte man sie weder verdursten
noch verhungern lassen.
Noch etwas schwindlig im Kopf, setzte sie sich auf.
Ihre Hände glitten suchend über ihren Körper. Sie
war vollständig bekleidet und scheinbar recht behutsam hierher transportiert worden. Nichts tat ihr weh.
Das Bett, so bemerkte sie erst jetzt erstaunt, war ge-
mauert. Die Matratze darauf wahrscheinlich mit
Rosshaar prall gefüllt.
Der Raum selbst war nicht sehr groß. Aber er war
auch nicht so klein, dass er Anfälle von Klaustropho-
bie auslösen konnte.

Jane atmete mehrmals tief ein. Sie war lange genug Historikerin, um zu wissen, dass dies ein altes Gemäuer war und es unter der Erde lag.

Gänsehaut kroch langsam, aber stetig, über ihren Körper. Sie saß nicht nur in der Falle, sie war in einer Art Gruft lebendig begraben.

„Nur nicht panisch werden", redete sie sich immer wieder ein. Aber ihr Nervensystem reagierte anders. Sie begann heftig zu zittern, Tränen schossen in ihre Augen. Schließlich gab sie sich der Sturzflut ihrer Gefühle hin und weinte.

Wie lange sie so saß wusste sie nicht. Plötzlich wischte sie sich mit einer halbherzigen Bewegung die Augen aus und fasste in die Falten ihres Rockes nach einem Taschentuch.

Nachdem sie sich die Nase geputzt hatte, schluchzte sie noch zweimal auf wie Kinder es tun, wenn sie weinen und schob dann das Taschentuch energisch zurück in die Tasche.

„So, Jane MacKenzie, jetzt hast du dich genug bemitleidet, überlege was zu tun ist", sagte sie laut und erschauderte unwillkürlich über den Klang ihrer Stimme in diesem Gewölbe.

Schon früher in Konfliktsituationen hatte Jane versucht sie so zu lösen. Sie hatte mit den Zähnen geknirscht, wütend aufgestampft, geweint, je nach Anlass, aber dann hatte sie sich „mit sich selbst hingesetzt", wie sie es nannte, und diesen Satz gesagt und es wirkte immer.

Ihre Gedanken begannen sich wieder auf das Eigentliche, das Wesentliche zu konzentrieren.

Sie atmete jetzt gleichmäßig und ruhig, dann erhob sie sich und sah sich den Raum genauer an.

Trotz des Geruches nach alten Steinen war die Luft relativ frisch, was auf eine gute Luftzufuhr schließen ließ. Die Steine selbst fühlten sich trocken und kühl an. Janes Augen hatten sich gut an das diffuse Licht gewöhnt, schließlich war sie die Arbeit in halbdunklen Räumen gewöhnt.

Sie tastete sich an den Steinen entlang und als sie eine Tür entdeckte, schlug ihr Herz bis zum Hals.

Sie ließ sich problemlos öffnen und Jane stieß einen Seufzer aus. War sie wirklich so dumm zu glauben, ihre Entführer hätten einfach die Tür offengelassen?

Es war das Badezimmer, erstaunlich modern mit einer Duschkabine, einem Waschbecken und einer Toilette.

„Hotelstandard", murmelte Jane und betrachtete die Handtücher.

Obwohl alles sauber und gepflegt wirkte, war Jane sich sicher, dass dieser Raum und auch das Badezimmer bereits vorher benutzt worden war.

Sie war also nicht die erste Gefangene hier. Sie ging zurück zu ihrem Bett und setzte sich bequem hin. Ihre Gedanken kreisten unaufhörlich.

Darum, warum die Familie Shigh sie entführt hatte. Nur sie konnte hinter dieser Geschichte stecken, da war sie sich sicher. Aber warum?

Sie hatte zumindest keinen Anhaltspunkt für die Mordgeschichte durch Gopal Shigh gefunden.

Wäre sie eine Belastungszeugin, gleich welcher Art, warum hatte man sie nicht gleich getötet?

Der Gedanke daran ließ ihr wieder die Gänsehaut über den Rücken fahren, aber sie beherrschte sich.

Was war die Alternative? Vielleicht Lösegeld?

Stumm schüttelte sie den Kopf.

Die Familie Shigh hatte scheinbar keine finanziellen Schwierigkeiten, da Darsan mehrfach den Reichtum der Familie erwähnt hatte.

Jane setzte sich spontan gerade hin.

Der Rana. Er würde längst nach ihr suchen lassen. Sicher verfügte er über Quellen und Möglichkeiten ihren Aufenthaltsort ausfindig zu machen.

Aber sonst?

Keiner wusste wo sie war. Jeder glaubte, sie sitze in der Maschine nach London.

Und ihre Großmutter? Jane verspürte ein heftiges Ziehen in ihrer Brust.

Hoffentlich geschah ihr nichts. Lady Dora hatte Recht gehabt, es war kein Jagdunfall gewesen, sondern ein eiskalter Plan, nämlich sie, Lady Dora, auszuschalten.

Aber warum?

Und wenn sie sich noch so sehr den Kopf zermarterte, sie kam nicht weiter in ihrem Gedankenkarussell.

Immerhin hatte sie noch mit Jack Davids telefoniert. Sie konnte jetzt nur hoffen, dass er aus ihrem plötzlichen Verschwinden Rückschlüsse zog.

Er könnte zur Polizei gehen. Jane sah Detective Inspector Peter Brown vor sich, kein Wort würde er Jack glauben, im Gegenteil.

Irgendetwas hatte sich in ihrem Hinterkopf festgesetzt. Etwas, was mit Jack zu tun hatte. Was war es nur?

Sie sprang auf und lief hin und her. Im Sitzen konnte sie nicht denken, sie musste laufen.

„Konzentriere dich", murmelte sie immer wieder und versuchte sich das letzte Telefonat mit Jack zu vergegenwärtigen. Irgendwie hatte sie eine Denkblockade. Eigentlich kein Wunder in ihrer Situation.

Sie sah auf die Flasche mit dem Mineralwasser und nahm sie in die Hand.

Es bestand keine Wahrscheinlichkeit das man sie vergiften wollte, also drehte sie am Schraubverschluss der Flasche und ein kräftiges Zischen war zu hören. Das Wasser war frisch und angenehm. Plötzlich merkte Jane das sie ihre Armbanduhr nicht mehr trug. Gewiss, es war ein relativ teures Stück, ein Geschenk ihres Onkels, aber scheinbar hatten ihre Entführer sie ihr abgenommen, um ihr jegliches Gefühl für Zeit zu nehmen.

Das Mineralwasser lief an ihrem Mund vorbei und hastig stellte Jane die die Flasche ab. Was konnte weiter tun als warten?

Plötzlich hörte sie ein Geräusch. Es waren Schritte. Sie ließ sich auf ihr Bett fallen und faltete zitternd die Hände im Schoß.

Im vermeintlichen Stein wurde eine Tür geöffnet und Phola Shigh stand vor ihr, gefolgt von ihrem Mann und Doktor Talfis.

Die Tür schloss sich so schnell wieder wie sie sich

geöffnet hatte und Jane starrte die drei Menschen an. Nach einer Schrecksekunde war sie zumindest wieder in der Lage zu reagieren.

„Was wollen sie von mir?", fragte sie mit kühler, beherrschter Stimme.

Aber ihre Hände, die immer noch in ihrem Schoß lagen, kneteten in den Falten ihres Rockes.

Sie spürte, wie feine Schweißperlen über ihren Rücken rannen und ihre Nackenhaare sich aufrichten.
Phola trat einen Schritt näher.

Sie trug einen roten Sari mit einem herrlichen Goldmuster. Sie bemühte sich nicht einmal um ein Lächeln, mit eisiger Miene fixierte sie Jane. Diese hielt dem Blick stand.

„Zeige keine Schwäche", redete sie sich immer wieder ein, während die fast schwarzen Augen sie taxierten.

„Sie werden jetzt mit ihrer Großmutter telefonieren. Sagen sie ihr, dass sie plötzlich nach England zurückmüssen. Ein Grund wird ihnen sicher einfallen. Aber versuchen sie nicht, ihrer Großmutter zu sagen was passiert ist."

Jane stand von ihrem Bett auf und ließ die Falten des Rockes aus ihren Händen gleiten.

„Ich werde gar nichts tun, Missis Shigh", sagte sie ruhig.

Ein zynisches Lächeln erschien auf den ebenmäßigen Zügen der Inderin. Plötzlich trat Doktor Talfis neben Jane.

„Eine alte Dame wie Lady Dora erleidet leicht eine

Embolie. Das geht sehr schnell, Miss MacKenzie. Aber ein schöner Tod ist es nicht unbedingt. Man erstickt, wissen sie?"

Seine Stimme hatte ein angenehm dunkles Timbre und er sagte diesen Satz so, als würde er eine nette Plauderei mit Jane auf irgendeiner Cocktailparty führen. Er öffnete leicht seine Hände und hielt sie in Janes Richtung.

„Du hast die Entscheidung", signalisierte er ihr mit dieser Geste und ihr Mund fühlte sich plötzlich trocken an.

Sie begriff schlagartig, dass diese Menschen zu allem entschlossen waren.

In ihrer Collegezeit hatte sie einmal an einem Pflichtseminar über Verhalten bei Geiselnahme teilgenommen. Zusammen mit Gladys, ihrer Banknachbarin, hatte sie in einem Heftchen geblättert und gekichert, bis Missis Herfurth, die Referentin, streng zu ihnen geblickt hatte und mit einem „Ich hoffe, meine Damen, sie kommen nie in eine solche Situation", die Albernheiten unterbrochen hatte.

Seltsam. Gerade das stand Jane jetzt ganz plastisch vor Augen. Gladys blonder Bubikopf, ihre Stupsnase und der etwas zu breite Mund.

Aber was hatte Missis Herfurth gesagt?

Ruhe bewahren, die Geiselnehmer nicht reizen, vor allem versuchen, eine Beziehung aufzubauen. Als anonyme Person, als formlose Masse, war es leichter Opfer einer Gewalttat zu werden.

War erst einmal eine Beziehung hergestellt, fiel es

dem Geiselnehmer zunehmend schwerer, Gewalt auszuüben.

Schöne Theorie.

Jane hatte mit Phola Shigh Tee getrunken und geplaudert, mit ihrem Ehemann zu Abend gegessen, mit Doktor Talfis über den Gesundheitszustand ihrer Großmutter gesprochen.

Also blieb nur Ruhe bewahren.

Danke, Missis Herfurth, soweit war sie auch allein gekommen.

Sie atmete zweimal tief ein und räusperte sich.

„Wenn sie Lösegeld für mich fordern wollen, dann können wir darüber sprechen. Meine Großmutter hat damit nichts zu tun. Sie können sich direkt an meinen Onkel wenden. Er wird alles in die Wege leiten, wenn er von mir erfährt, dass es mir gut geht."

Doktor Talfis Gesicht nahm einen leicht verwirrten Ausdruck an, dann wechselte er einen Blick mit Mister Shigh, der bisher stumm und nahezu regungslos an der Wand gestanden hatte. Dieser machte eine kurze Bewegung und trat auf Jane zu.

„Wir benötigen ihr Geld oder das ihrer Familie nicht, Miss MacKenzie. Tun sie, was Doktor Talfis ihnen sagt."

Jane wusste das sie das Thema nicht weiterverfolgen musste. Es ging, wie sie schon vermutet hatte, nicht um Lösegeld. Aber um was?

Sie riss sich von diesem Gedanken los, aus Angst das Wichtigste dabei zu vergessen, das Leben ihrer Großmutter.

„Wer gibt mir die Garantie, dass sie meine Großmutter nicht trotzdem töten?", hörte sie sich plötzlich mit kühler, beherrschter Stimme fragen und erschrak über sich selbst.

Doktor Talfis lächelte etwas.

„Das wäre unklug. Ihre Großmutter ist die einzige und wichtigste Zeugin, die bestätigen wird, dass sie nach England fliegen wollten, obwohl sie dort nie ankommen werden."

Jane hatte das Gefühl, das ihr Unterkiefer gelähmt war. Dabei merkte sie erst jetzt, wie fest sie die Zähne aufeinanderpresste, um nicht aufzuschreien.

„Gut. Geben sie mir das Telefon."

Phola Shigh reichte ihr das Handy und fixierte sie wie eine Schlange das Kaninchen.

„Keine leichtfertigen Äußerungen", sagte sie leise, aber es war unmissverständlich, was sie meinte.

Jane nickte mechanisch und bemühte sich, das Handy ohne zu zittern in die Hand zu nehmen.

„Drücken sie auf die Nummer eins", sagte Doktor Talfis und stellte sich unmittelbar neben sie, um genauer mitzuhören.

Nach zwei Klingeltönen nahm ihre Großmutter selbst ab. Scheinbar hatte sie jetzt Telefon am Bett, ein Service, der genau geplant war.

Jane hätte aufschreien können, als sie Lady Doras „Ja, bitte" am anderen Ende hörte.

„Großmama? Ich bin es, Jane. Entschuldige das ich heute nicht vorbeikomme, aber ich muss sofort zurück nach London. Es ist sehr wichtig. Ich erkläre dir alles später, ich habe es so furchtbar eilig."

Jane schwieg und zwang sich ruhig zu atmen, während Dr. Talfis genau neben ihr stand und sie fixierte.

„Dann wünsche ich dir einen guten Flug, mein Kind."

Janes Augen verengten sich kurz, aber unmerklich für die anderen.

„Danke, Großmama."

„Ach, Jane. Grüß doch bitte Onkel Peter von mir, ja? Er hätte mich ruhig einmal anrufen können. Ich meine Peter Brown, nicht Peter MacKenzie."

Jane ließ ein perlendes Lachen hören.

„Ich verwechsle die beiden auch immer. Ja, ich sage es ihm, aber ich glaube kaum das ich ihn sehe."

Sie warf einen Blick auf Phola, die ihr deutete das Gespräch zu beenden. Sie nickte kurz.

„Bis bald Großmama, Gott schütze dich."

„Er wird dich auch schützen, Jane MacKenzie", lautete die kräftige Antwort, dann war die Verbindung beendet.

Jane ließ das Handy in Pholas Hand gleiten.

„Nun, zufrieden?"

Sie sah die drei Anwesenden nacheinander ruhig an. Doktor Talfis war der Einzige, der ihr antwortete.

„Ja, aber warum sollten sie diesen Onkel Peter grüßen?"

Jane lächelte sanft.

„Großmama ist eine alte Dame und sie hat einen sehr stark ausgeprägten Familiensinn. Unsere Familie ist sehr groß und weit verzweigt, Doktor Talfis. Die

Familie meines Vaters stammt vor Generationen aus Schottland. Die Familie meiner Mutter aus England. Ich habe insgesamt fünf Onkel mit dem Namen Peter, mein Onkel Peter Brown, an den ich Grüße ausrichten soll, ist ein Cousin zweiten Grades meiner Großmama. Im Krieg war er…"

Doktor Talfis hob die Hand.

„Es ist gut, Miss MacKenzie. Wir sehen uns wieder, bald schon. Schlafen sie gut."

Jeder Schotte konnte eine ganze Ansammlung von Menschen mit seinem weitverzweigten Stammbaum zum Verzweifeln bringen und genau darauf hatte Jane gesetzt.

Die drei Personen verschwanden hinter der imaginären Steinmauer und Jane ließ sich erschöpft auf das Bett fallen. Ihre Hände zitterten so, dass sie sie unter ihre Oberschenkel schieben musste.

Dabei zwang sie sich, ruhig und gleichmäßig zu atmen. Zumindest wusste ihre Großmutter, dass sie nicht freiwillig und mit Zeugen das Telefonat geführt hatte. Der Hinweis auf Detective Inspektor Peter Brown hatte alles gesagt.

Lady Doras Verstand hatte wie immer klar und exzellent gearbeitet. Vielleicht gelang es ihr vom Krankenhaus aus den Rana zu verständigen. Dieser hatte ja nach eigener Aussage schon lange die Familie Shigh in Verdacht. Verdacht worauf?

Plötzlich fühlte Jane wie ihr Hals noch weiter austrocknete.

Die verschwundenen Engländerinnen. Das war es,

was Jack zu ihr am Telefon gesagt hatte. Und auch damals in London, nach der Gerichtsverhandlung. Sie hatte ihn unterbrochen und nicht ernst genommen.

Mit zusammengekniffenen Augen versuchte sie sich an eventuelle Details oder Zeitungsartikel zu erinnern.

Ja, sicher. Sie hatte etwas darüber gelesen. Aber wann und vor allem, was genau?

So sehr sie sich auch anstrengte, ihre Überlegungen brachten nichts. Nur die Tatsache, dass zumindest Jack Davids eine Verbindung herstellen könnte.

Nur, er war in London und würde wie alle anderen glauben, sie habe Indien verlassen oder sei auf dem Weg zum Flughafen verschwunden oder was immer die Familie Shigh oder dieser Doktor Talfis arrangieren würden.

Jane streckte sich auf dem Bett aus und starrte an die felsige Decke.

Vor allen Dingen musste sie jetzt die Nerven behalten. Mit einem gequälten Lachen warf sie sich auf die linke Seite. Das war alles so leicht gesagt.

Gott segne Missis Herfurth.

Jane erwachte mit knurrendem Magen.

Sie sah sich in ihrem Gefängnis um und entdeckte das Mineralwasser und Obst vom vergangenen Tag. Langsam richtete sie sich auf.

War es Morgen? Wie lange hatte sie geschlafen?

Sie fühlte sich ausgeschlafen, daraus schloss sie, dass es draußen Morgen sein musste.

Als Erstes begab sie sich ins Bad und putzte die Zähne.

In diesem Moment hörte sie die Tür und sah Phola mit einer Dienerin eintreten. Die ältere Frau hatte sie bereits bei ihren Besuchen im Haus der Familie bemerkt.

Phola hielt eine Pistole in der Hand, die sie ohne ein Wort auf Jane richtete.

„Nicht das sie auf die Idee kommen sollten zu fliehen."

Jane schüttelte langsam den Kopf.

„Ich würde nie in Anbetracht einer auf mich gerichteten Waffe an Flucht denken."

Die Dienerin stellte die in einem Korb mitgebrachten Speisen auf den Tisch. Dann ging sie hinaus und brachte eine kleine Tasche herein.

„Wäsche für sie."

Jane trat einen Schritt vor, aber Phola hob die Waffe.

„Ich wollte nur fragen, was haben sie mit mir vor?"

Phola lächelte.

„Das erfahren sie schon bald genug."

Sie sagte etwas zu der Dienerin und diese verneigte sich.

Dann waren beide Frauen verschwunden und die Tür rastete ein.

Jane ging zu der Tasche und öffnete sie. Es war ihre Wäsche. Unterwäsche, ein frisches Kleid, ihre Kosmetiktasche.

Zumindest konnte sie ihre Wäsche wechseln.

Sie warf einen Blick auf das Essen.

„Mein Gott, Porright", murmelte sie.

Ihr Magen siegte über alles grübeln und nachdenken, sie schenkte sich heißen Tee aus der Thermoskanne ein und löffelte ihren Porright. Ganz gleich was man mit ihr vorhatte, es war leichter allem mit vollem Magen entgegen zu sehen.

Dann entnahm sie einer gepolsterten Wärmetasche eine Scheibe Toast. Sogar an Servierten war gedacht worden.

Jane schob sie zur Seite, als zwischen der Stoffserviette ein Stück Papier schimmerte. Sie ließ den Toast fallen und nahm den Zettel.

Sofort erkannte sie Kekis Schrift.

Jane. Bitte vertrauen sie Hirami, meiner Dienerin. Sie wird heute Mittag wieder das Essen bringen. Lenken sie meine Schwägerin eine Minute ab und sehen sie dann in ihr Bett.

Der Tee wurde kalt, das Toast ebenso. Jane hielt das Blatt in der Hand und starrte es an.

Was hatte der Rana gesagt?

Sie solle niemand aus der Familie Shigh trauen, auch Keki nicht. Aber er hatte auch gesagt, sie könne Doktor Talfis vertrauen und er war Teilnehmer von diesem perfiden Plan.

Es war sicher besser Keki zu vertrauen, zumal es keine andere Alternative gab.

Jane riss den Papierbogen in kleinste Schnipsel und spülte die Reste in die Toilette.

Die Zeit bis zum Mittag verbrachte sie, indem sie verschiedene Varianten gedanklich durchspielte, wie sie Phola ablenken konnte.

Am besten erschien ihr schließlich die Lösung einfach auf die Situation zu vertrauen.

Als Phola Shigh und die Dienerin Hirami eintraten, hielt erstere wieder die Pistole und beobachtete jede Bewegung von Jane. Diese saß auf ihrem Bett und sah zu, wie das benutzte Geschirr ein - und frisches ausgepackt wurde.

Der Duft von gewürztem Essen stieg in ihre Nase. Dann öffnete die Dienerin einen zweiten Korb mit frischer Bettwäsche.

„Stehen sie auf, ihr Bett wird frisch bezogen", befahl Phola und unterstrich die Aufforderung mit einer kurzen Geste ihrer Pistole.

Eine Sekunde lang spielte Jane mit dem Gedanken sie zu überwältigen, aber selbst, wenn es ihr gelang und die Dienerin schweigen würde, wer stand draußen und vor allem, wo befand sie sich überhaupt?

Also stand sie auf, faltete die Hände vor dem Bauch und schritt langsam auf und ab.

Hinter ihr raschelte die frische Wäsche und der Duft von Parfüm stieg in ihre Nase. Jetzt musste sie etwas tun.

Mit einem Satz war sie bei Phola und diese umklammerte die Pistole fester.

„Warum halten sie mich hier fest, wieso? Ich will
endlich eine Antwort."

Jane hatte eine kräftige Stimme und jetzt hatte sie
diese erhoben, so dass der Raum davon ausgefüllt
war. Scheinbar hatte Phola diese Attacke nicht erwartet. Sie erstarrte eine Sekunde lang, dann riss sie die
Pistole hoch.

„Zurück. Setzen sie sich auf ihr Bett. Sofort."

Die Dienerin war zur Seite getreten und Jane ließ sich
auf die Kante des Bettes fallen. Der steinerne Rahmen
schmerzte an ihren Oberschenkeln, aber unter ihrem
Gesäß, dort wo die frischbezogene Decke lag, spürte
sie einen länglichen, harten Gegenstand.

Still blieb sie sitzen und fixierte Phola Shigh weiter.

„Warum?", fragte sie jetzt leise, aber ihre Miene
schien immer noch auszudrücken, dass sie zu allem
entschlossen war.

„Bald werden sie es erfahren."

Mit einem Wink rief sie die Dienerin heran und die
Tür fiel ins Schloss.

Das Essen interessierte Jane nicht. Sie sprang auf und
tastete nach dem Gegenstand.

Es war ein Dolch. Eine lange, spitze Klinge, der
Schaft reich verziert. Trotzdem lag er gut in der Hand
und war sicher nicht nur als Dekorationsgegenstand
hergestellt worden.

Janes Nackenhaare stellten sich langsam auf.

Sie hatte noch nie einen Menschen wissentlich verletzt, geschweige getötet.

Würde sie im Notfall zustechen?

Ohne weiter darüber nachzudenken, steckte sie das Messer in ihren Rockbund. Dann stand sie auf und bewegte sich hin und her. Es würde gehen.

„Ich hätte Jane gar nicht auf diese Idee bringen dürfen."

Professor Downsand hatte seine geliebte Pfeife achtlos auf den Ascher gelegt und lief unruhig auf und ab.

Detective Inspector Peter Brown fühlte sich ebenso unwohl in seiner Haut, wenn auch nicht aus den gleichen Gründen wie der Professor. Die Auseinandersetzung mit seinem Vorgesetzten und dessen Aufzählung der Personen, die auf eine umgehende Aufklärung dieses Falles, so es denn einer war, drängten, waren nicht dazu da seine Laune merklich zu heben.

Gesteigert wurde dies noch von einem anklagend vorwurfsvollen Blick Missis Nowlands, die ihren Liebling, zu dem sie Jane MacKenzie spontan nach deren ersten Besuch hier erhoben hatte, in Lebensgefahr wähnte und dem Detective Inspector scheinbar keine Kompetenz in diesem Fall zutraute.

Die Krönung seiner Befindlichkeit erreichte Peter Brown durch einen stark blutenden Finger, dem ihn Hieronymus, Jane MacKenzies unsäglicher Kater zugefügt hatte, der sein einstweiliges Domizil hier in Windsor aufgeschlagen hatte.

Missis Nowland hatte dem Detective Inspektor einen giftigen Blick zugeworfen, weil er es wagte, Blut auf ihre blank polierten Dielen zu tropfen. Dann war sie mit Hieronymus verschwunden, dem sie sicher zur Belohnung eine Leckerei in Aussicht gestellt hatte.

„Sie brauchten sie gar nicht auf die Idee zu bringen,

Professor, sie hatte sie bereits", antwortete der Detective Inspektor entsprechend gereizt, den Finger notdürftig in sein Taschentuch gewickelt.

Der Professor blickte in seine Richtung und murmelte etwas wie „verdammter Kater", ohne sich nicht vorsichtig nach Besagtem umzudrehen.

Er und Hieronymus standen auch nicht gerade auf freundschaftlichem Fuß.

„Wie dem auch sei, wir müssen damit rechnen, dass Miss MacKenzie doch entführt wurde", meinte Peter Brown resigniert und nippte an seinem kalt gewordenen Tee. Sicher würde ihm die sonst so besorgte Missis Nowland keinen neuen, heißen Tee oder gar einen Kaffee bringen.

Er hatte die Aktenvorgänge der beiden entführten Engländerinnen mitgebracht.

Beide waren zu unterschiedlichen Zeiten allein nach Indien gereist und dort einfach verschwunden.

Nachforschungen der indischen Behörden hatten ergeben, dass beide ein Rückflugticket nach England besaßen, am Flughafen aber nie angekommen waren.

Schon aus diesem Grund gab es eine ernstzunehmende Parallele.

Natürlich könnte es hunderte Gründe geben, warum jemand in einem solchen Land verschwindet. Aber es gab Gemeinsamkeiten.

Der Professor hatte die Wanderung durch sein Arbeitszimmer unterbrochen und nahm einige weiße Blätter zur Hand.

„Nehmen wir an, Jane wäre ebenfalls ein Entführungsopfer der oder dieser Personen geworden. Suchen wir also nach Gemeinsamkeiten."

Er schrieb auf jedes der Blätter den Namen der jungen Frauen.

Jane MacKenzie, Elisabeth Blade und Gwendolyn Evans.

„Sehen wir uns das Alter an. Jane ist 25 Jahre, Elisabeth 21, Gwendolyn 23, also eine nahe liegende Gemeinsamkeit."

Er betrachtete die Fotos der vermissten jungen Frauen.

„Jane ist rothaarig, Elisabeth brünett, Gwendolyn blond, keine Gemeinsamkeiten, ebenso wenig bei der Körpergröße. Elisabeth scheint ausgesprochen groß zu sein, Jane ist eher klein."

Der Professor entzündete seine Pfeife neu und zog ein paarmal genießerisch daran.

„Alle drei waren alleinreisend, wenn man von Janes Großmutter einmal absieht. Elisabeth und Gwendolyn sind Engländerinnen, Jane amerikanische Staatsbürgerin, aber sie hat englische Vorfahren."

Der Detective Inspektor stieß hörbar Luft aus.

„Sie hören sich schon wie Jane an. Die würde jetzt auch einen historischen Hintergrund konstruieren."

Der Professor wedelte mit der Hand.

„Hören sie erst einmal zu Ende, mein Lieber. Wie sie wissen, war Professor Nandun mein Gast. Er hat mir inoffiziell zu verstehen gegeben, dass die Familie Shigh antibritisch eingestellt ist und die Göttin Kali anbeten würde."

Peter Brown verdrehte leicht die Augen und sah dann unter den Rand seines Taschentuches, ob die Blutung nachgelassen hatte.

„Professor, glauben sie das wirklich?"

Mit einer Geste wischte dieser die Bemerkung beiseite.

„Ich habe es ebenfalls nicht ernst genommen. Glauben sie etwa, ich hätte Jane noch ermutig, dorthin zu fliegen?"

Peter Brown fühlte sich plötzlich schlecht.

Er hatte ebenfalls Jane nicht ernst genommen und Jack Davids erst recht nicht. Er hatte sogar ganz in seinem Inneren gehofft, dass irgendjemand dieser Jane MacKenzie einen Denkzettel verpassen würde, weil sie ständig in seine Ermittlungsarbeiten hineinstolperte und ihn mit ihren bizarren Ideen und unkonventionellen Handlungsweisen in seiner Arbeit behinderte. Aber er hatte doch nie an so etwas gedacht. Entschlossen sprang er auf.

„Wenn ihr Verdacht berechtigt ist, Professor, müssen die indischen Behörden einschreiten."

Der Professor nahm langsam die beschriebenen Blätter in die Hand.

„Glauben sie wirklich, die Behörden schreiten bei einer angesehenen und reichen Familie wie der Familie Shigh ein? Mein lieber Freund, da kennen sie das Land und seinen Beamtenapparat aber schlecht."

Mit einer Handbewegung unterbrach der Detective Inspektor ihn.

„Mein Chief Inspektor hat mich aufgefordert, sofort

hinzufliegen und vor Ort alles zu klären. Ich nehme sie mit, Professor. Vielleicht fällt uns bis dahin noch etwas taktisch Kluges ein. Zumindest habe ich jetzt weitreichende Befugnisse und Unterstützung durch das FBI, auch wenn ich noch nicht weiß, ob ich das gut oder nicht gut finden soll."

Keiner der beiden hatte Missis Nowland eintreten hören.

Sie stellte stumm eine Kanne mit frischem, heißem Tee hin und für Peter eine Tasse heißen, starken Kaffee. Dann nahm sie die leere Teekanne, die sie an ihre frisch gestärkte, blütenweiße Schürze presste.

An der Tür drehte sie sich noch einmal um, musterte erst den Detective Inspektor und dann den Professor.

„Sie werden doch mitfliegen, nicht wahr?", fragte sie vorsichtig letzteren.

Der Professor fuhr sich mit beiden Händen durch sein noch dichtes Haar und stöhnte leise auf.

„Was bleibt mir denn weiter übrig?"

Er sah zu Peter Brown, der genüsslich seinen Kaffee trank.

„Wann fliegen wir?"

Dieser lächelte. „Morgen früh."

Zufrieden nickte Missis Nowland und schloss leise die Tür hinter sich.

Es musste wieder einmal Abend sein, als Phola Shigh eintrat und diesmal war sie in Begleitung ihres Ehemannes und Doktor Talfis. Bisher waren für Jane die Tage gleichmäßig verlaufen, immer Besuche der bewaffneten Phola mit einer Dienerin, die ihr Essen und Wäsche brachte. Sogar drei Bücher gab man ihr, furchtbare Trivialliteratur, aber es half etwas gegen die Langeweile.

Jane blieb auf ihrem Bett sitzen. Sie fühlte das Messer an ihrer Seite, dass sie nur zum morgendlichen duschen ablegte. Damit kam sie sich weniger verwundbar vor.

„Sie sind noch Jungfrau, nicht wahr?", fragte Phola Shigh ohne Einleitung und Jane fühlte, wie ihr das Blut in die Wangen stieg.

„Das geht sie nichts an", entgegnete sie scharf.

Phola Shigh machte eine kurze Bewegung mit ihrer beringten Hand. Man hörte die zahlreichen Armreifen aneinanderschlagen und Doktor Talfis trat etwas näher an das Bett.

„Wenn sie die Frage nicht beantworten, gestatten sie, dass ich sie untersuche?"

„Nein."

Jane rückte auf dem Bett weiter zurück und warf dem Arzt einen vernichtenden Blick zu.

Dieser lächelte sanft.

„Ich kann Diener rufen die sie festhalten, wenn sie sich sträuben."

Seine ruhige, melodische Stimme brachte Jane noch mehr in Rage. Aber sie beherrschte sich. Angesichts der angedrohten Maßnahmen, die sie durchaus ernst nahm, senkte sie den Kopf.

„Ja. Ich bin Jungfrau."

Phola Shigh trat mit wenigen Schritten an Doktor Talfis Seite und hielt Jane eine Bibel hin.

„Sie waren Klosterschülerin. Schwören sie es bei ihrem Gott."

Jane riss ihr die Bibel aus der Hand. Soviel Blasphemie hätte sie nicht einmal dieser skrupellosen Frau zugetraut.

Sie legte ihre rechte Hand auf die abgenutzte Bibel und sprach leise, aber deutlich, was man von ihr verlangte.

Phola Shigh lächelte triumphierend und sah sich zu ihrem Ehemann um, der wie immer stumm im Raum stand. Er wirkte müde und erschöpft, aber Jane gab sich keinen Illusionen hin, dass er mit ihr Mitleid haben würde.

„Was haben sie mit mir vor?", fragte sie so ruhig es ihr möglich war.

Jetzt öffnete Hari Shigh seinen Mund.

„Sie werden mit meinem Vater verbrannt, als Sati. Diese Ehre wird ihm zuteil. Seine Frau wird ihm auf den Scheiterhaufen folgen und zwei Kumaris, die größte Ehre, die wir ihm zuteilwerden lassen können."

Jane brauchte eine Weile bis sie begriff was er soeben gesagt hatte. Sie erinnerte sich an die Hände im Stein und an das Gespräch mit Phola Shigh.

Aber in Indien gab es seit Jahrzehnten keine Witwenverbrennungen mehr.

„Ich bin nicht seine Frau", hörte sie sich sagen.

„Aber eine Kumari, eine Jungfrau, die wir der Göttin Kali opfern."

Phola Shighs Stimme war eiskalt und entschlossen.

„Und die zweite Kumari?"

„Wird Keki sein."

Mit einer weiteren Geste winkte sie die Dienerin heran, die Jane bisher nicht gesehen hatte.

„Hier ist ein weißer Sari. Sie werden sich umkleiden, sofort."

„Nein", sagte Jane entschlossen und sah alle Anwesenden nacheinander an.

„Das werde ich nicht tun und wenn sie mich von Dienern festhalten lassen. Ich werde es nicht tun."

Phola Shigh wechselte einen Blick mit Doktor Talfis, dann zuckte sie mit den Schultern.

„Dann eben nicht. Morgen Abend werden wir sie holen. Dann tragen sie den Sari, freiwillig oder wir helfen nach. Beten sie inzwischen zu ihrem Gott."

Der Raum war schnell leer und Jane allein. Der weiße Sari lag auf ihrem Bett.

Das Herz schlug ihr bis zum Hals und sie versuchte sich zu konzentrieren. Was wäre gewesen, wenn man sie mit Gewalt gezwungen hätte, den Sari jetzt schon anzulegen? Das Messer wäre entdeckt worden und damit ihre letzte Chance, sich zu verteidigen.

Darum hatte Keki ihr also das Messer geschickt.

Sie vertraute darauf, dass Janes sie beide im entscheidenden Moment retten würde.

„Warum keine Pistole?", murmelte sie, aber dann kam ihr ein anderer, schrecklicher Gedanke.

Vielleicht hatte Keki ihr das Messer geschickt, weil sie Angst vor dem Flammentod hatte und hoffte, Jane würde sie und sich töten.

Immerhin, sie hatte vierundzwanzig Stunden Zeit, um einen Plan zu schmieden.

Vierundzwanzig Stunden später war Jane einer Lösung keinen Schritt nähergekommen.

Vielleicht war es ihrer Großmutter gelungen, die Polizei oder die Botschaft zu informieren?

Auf jeden Fall, sie selbst war entschlossen ihr Leben mit aller Kraft zu verteidigen. Ein Messer konnte eine gute Waffe sein, wenn man es schnell und gezielt einsetzte.

Seit dem vergangenen Abend war Jane allein, sie hatte etwas geschlafen und sich geduscht und den Sari angezogen. Dieser war weich fallend und so fiel es wohl nicht auf, dass sie ihren Rock anbehalten hatte. Denn dort steckte im Bund das Messer.

Etwas zu Essen hatte man ihr nicht gebracht, nur Mineralwasser stand zu ihrer Verfügung.

Dieser Sachverhalt trug nicht eben dazu bei, ihre Laune zu bessern. Als endlich die Tür geöffnet wurde, war Jane nicht ängstlich oder verstört, sondern hungrig, gereizt und entschlossen, ihr Leben zu verteidigen.

Doktor Talfis und Hari Shigh holten sie ab. Phola war nirgends zu sehen.

Jane erhob sich schweigend von ihrem Bett und deu-

tete durch ein leichtes Nicken an, dass sie bereit war.
Als Doktor Talfis ihren Arm umfassen wollte, wich
sie zurück.

„Fassen sie mich nicht an", fuhr sie ihn an und er
verneigte sich leicht.

Sie stiegen eine steile Treppe hinauf und standen
plötzlich mitten im Park der Familie Shigh, unweit
des Wohnhauses.

Ein kleiner Tempel überragte die Aussichtsplattform
und Jane erinnerte sich, diesen beim Besuch einmal
kurz gesehen zu haben.

Die Luft war kühl und angenehm und Jane blieb
stehen, um tief einzuatmen.

Im Schatten eines riesigen Baumes nahm sie eine
Gestalt wahr und beim näheren Hinsehen war es ein
Sadhu, ein heiliger Mann. Dieser, überzogen von
einer dicken Staubschicht, war scheinbar hier in tiefer
religiöser Andacht versunken.

Er war mager, aber nicht so ausgezehrt, wie Jane es
bei manchen dieser Männer gesehen hatte.

Sein Haar, ebenfalls staubbedeckt und mit Öl ge-
tränkt, hing in Strähnen in sein Gesicht, das mit
Asche beschmiert war und einige Hennazeichen trug.
Um seinen Hals hing eine Kette mit Holzperlen sowie
eine Blumenkette, deren Blüten langsam welkten.
Sein Blick war auf den Boden vor ihm gerichtet, seine
Beine gekreuzt, um die Hüften trug er eine breite
weiße Schärpe, die wie ein Lendenschurz gebunden
war und in der beginnenden Dunkelheit leuchtete.
Würde er ihr helfen, wenn sie rief, schrie, ihm ir-

gendwie ihre Lage deutlich zu machen versuchte?
Wohl kaum. Er saß nur da, wie eine der jahrtausendealten Götterstatuen, stumm und regungslos.
Im Wohnhaus gingen Lichter an und Doktor Talfis deutete mit einer kleinen Geste in diese Richtung.
Jane setzte sich in Bewegung und verlor den Sadhu aus den Augen.
Als sie das Haus betraten, erschlug sie fast eine Woge aus Düften nach Blumen, nach Sandelholz und nach Kräutern, die sie nicht kannte.
Der Duft war so betäubend, dass sie einen Augenblick stehen bleiben musste.
Plötzlich stand Keki neben ihr, bekleidet ebenfalls mit einem weißen Sari, das wundervolle schwarze Haar geöffnet, so dass es ihre Hüften umspielte.
Jane griff instinktiv nach ihrer Hand, aber diese war kalt und schlaff.
Dann sah sie Kekis Augen. Sie waren starr.
„Opium", dachte Jane und konnte jetzt auch den Geruch deuten, nicht nur Blumen und Sandelholz, auch Opium.
Sie drückte die kalte Hand mit der ihren fester, fast brutal. Ein Schauer ging durch den zarten Körper, aber die Augen zeigten wenigstens einen Funken des Erkennens.
Phola Shigh kam, festlich gekleidet, aus einem Raum und lächelte Jane zu, als sei sie wieder ein Gast des Hauses.
„Ein großer Tag ist das heute für uns."
„Das ist Ansichtssache", erwiderte Jane und wunder-

te sich im Nachhinein, woher sie den Mut zu diesem Scherz nahm.

Pholas Lachen klang glockenrein, dann wurde sie ernst.

„Eben wird mein Schwiegervater zum Schrein gebracht. Unsere Göttin Kali wird unser Opfer voller Freude empfangen."

Ihre Stimme war ekstatisch hoch.

Jane sah sich um. Doktor Talfis und Hari Shigh standen neben Phola, sonst war, außer Keki, niemand im Raum. Warum war das Mädchen nur so berauscht? Zu zweit hätten sie vielleicht eine Chance gehabt.

Plötzlich wurde Jane aus ihren Überlegungen gerissen, als ein gutaussehender, weiß gekleideter Mann durch die Tür am anderen Ende des Raumes trat.

„Darsan?", stammelte Jane erstaunt und zwinkerte mit den Augen.

Dieser lächelte sanft, fast zärtlich.

„Ja, meine liebe Jane. Hatten sie wirklich geglaubt, ich bringe sie zum Flughafen? Sie waren so reizend naiv und fast ein wenig verliebt in mich, nicht wahr?"

Einst waren die Highlander kreischend wie Todesfeen über ihre Feinde hergefallen, heute hätte Jane MacKenzie diesen alten Clans alle Ehre gemacht.

Blind vor Wut hatte sie das Messer aus ihrem Rockbund gezogen und sich mit ohrenbetäubendem Gebrüll auf den Rana gestürzt.

Während die anderen Anwesenden wie zu Stein erstarrt schienen, hatte dieser instinktiv die Arme hochgerissen, was ihm sicher das Leben rettete, aber einen tiefen Schnitt am Arm hinterließ. Das Blut spritzte über die weiße Seide seines Anzuges und auf den hellen, fliederfarbenen Teppich.

Jetzt erst stieß Phola Shigh einen spitzen Schrei aus und als sich Jane zu ihr umdrehte, glaubte sie alles wie in Zeitlupe zu erleben.

In der Eingangstür stand der Sadhu und hielt eine 9 mm Browning in der Hand.

Das alles sah Jane glasklar, wie in einem Film.

Dann löste sich ein Schuss und das Chaos begann.

„Ich bitte sie inständig, sehr feinfühlig vorzugehen. Doktor Talfis ist ein angesehener Mann. Seine Klinik ist sehr berühmt, nicht auszudenken das..."

„Das interessiert mich nicht", schnitt Special Agent James Williamson dem ganz bekümmert aussehenden Polizeichef der indischen Kriminalpolizei die endlos scheinenden Klagen ab.

Detective Inspektor Peter Brown nickte unterstützend. Wenigstens dieses Mal war er mit seinem amerikanischen Kollegen einig, der aufgrund der massiven Interventionen von Jane MacKenzies Onkel zu deren Auffindung beitragen sollte.

Während das Auto langsam durch die Dunkelheit fuhr und die Insassen wegen der schlechten Straßenverhältnisse durcheinander geschleudert worden, versuchte Special Agent Williamson sich eine Zigarette anzuzünden, was nach mehrmaligem Fluchen auch gelang.

Brown rümpfte leicht die Nase.

Diese Mischung aus Sylvester Stallone und John Wayne hatte ihn schon beim Eintreffen in Delhi nicht behagt.

Aber zumindest schien er eine wertvolle Unterstützung bei den indischen Behörden zu sein, die recht hilflos im Umgang mit der höheren Kaste erschienen.

Endlich wurde es heller und eine laternengesäumte Auffahrt wurde sichtbar.

Die beiden Wagen fuhren langsam den weißen Kiesweg hinauf. Special Agent Williamson lehnte sich aus dem Wagenfenster.

„Nobel", murmelte er und schnippte die Zigaretten-
kippe aus dem Fenster.

„Ich bitte sie nochmals um Diskretion."

Dieses Mal wandte sich der Polizeichef an Peter, von
dem er sich mehr Einsicht in die für ihn komplizierte
Situation erhoffte.

„Wir tun alles, um Miss MacKenzie zu befreien, ganz
gleich, wo sie sich befindet. Und nun bitte."

Er deutete auf die Klinik und der Polizeichef nickte
ergeben. Als sie eintraten, sah die diensthabende
Krankenschwester sie erstaunt an.

„Wir möchten zu Lady Dora Nottingham."

Ihr gegenüber schien der Polizeichef keine Hem-
mungen zu haben, sein Tonfall war scharf und befeh-
lend.

Im ersten Moment sah die Schwester die Männer
erschrocken an, dann nahm sie den Telefonhörer ab.

„Ich werde Doktor Talfis informieren."

„Nein."

Special Agent Williamson legte seine Hand auf das
Telefon.

Zwei große schwarze Augen sahen ihn verängstigt
an. Der Polizeichef gab einem seiner Männer einen
Wink, dieser umfasste den schmalen Oberarm der
jungen Frau und dirigierte sie in einen der zahlreichen Sessel.

„Wo ist Lady Dora oder wollen sie, dass wir die ganze Klinik auf den Kopf stellen?"

Die Schwester blinzelte zwischen Special Agent Williamson, Detective Inspector Brown und den indi-

schen Polizeichef hin und her. Schließlich seufzte sie.

„Zimmer 103", murmelte sie und deutete nach oben.

Fast im gleichen Moment rannten Special Agent Williamson und Detective Inspektor Brown los.

„Hoffentlich kommen wir nicht zu spät", keuchte Brown, als sie den vierten Treppenabsatz passierten. Ärgerlich stellte er fest, dass Williamson in einer Top-Kondition neben ihm herrannte.

„Wenn ihr Anrufversuch bemerkt wurde, vielleicht", sagte der bemerkenswert ruhig und deutete auf das Zimmer.

Brown versuchte, ruhig und gleichmäßig zu atmen, was ihm nur unzureichend gelang.

Lächelnd drückte Williamson die Türklinke herunter und sah in einen abgedunkelten Raum.

Vorsichtig legte er seine Hand an sein Schulterholster und stieß die Tür ganz auf.

In diesem Moment sah Peter Brown nur noch die massige Gestalt des Special Agent unter einem Stuhlbein zu Boden gehen.

„Lady Dora, um Gottes willen."

Licht flammte auf und Peter Brown bot sich eine unglaubliche Szene. Während Special Agent Williamson keuchend versuchte sich aufzurappeln, stand Lady Dora Nottingham im Pyjama mit einem gegipsten Fuß und einem Stuhlbein in der Hand im Türrahmen. Im Hintergrund, gefesselt mit einem Bademantelgürtel und geknebelt mit einem Seifenlappen, die diensthabende Krankenschwester, die wie eine verschnürte Raupe auf dem Boden zappelte.

Langsam ließ Lady Dora das Stuhlbein sinken und schaute mit einem Stirnrunzeln zu Special Agent Williamson herunter, der langsam die Waagerechte erreichte und sich das Blut von der Stirn wischte.

„Mein amerikanischer Kollege, Special Agent Williamson, Lady Dora Nottingham", übernahm Peter mit einem Anflug von Zynismus die Vorstellung.

„Es tut mir leid. Ich glaubte, es sei dieser Doktor Talfis", sagte Lady Dora mit einem leichten Schulterzucken. Offenbar hielt sich ihr Bedauern über den Angriff auf einen FBI-Agenten in Grenzen.

„Wo ist Jane?"

Detective Inspektor Brown schüttelte den Kopf.

„Wir wissen es nicht. Das Hotel bestätigt lediglich ihre Abreise nach Delhi zum Flughafen."

Lady Dora warf das Stuhlbein auf die Erde, wobei die noch immer gefesselte Krankenschwester zusammenzuckte.

„Sie muss im Haus von dieser Familie Shigh sein oder in unmittelbarer Umgebung. Ich habe mit ihr am Telefon gesprochen. Auf alle Fälle ist sie nicht freiwillig dort. Kommen sie, ich erzähle ihnen unterwegs alles."

So schnell es ihr gebrochener Fuß erlaubte, ging Lady Dora voran, entschlossen, ihre Enkeltochter zu befreien. Vorsichtig legte Peter Brown ihr seine Hand auf die Schulter.

„Vielleicht sollten sie sich erst etwas anziehen."

Lady Dora zuckte die Schultern.

„Meine Sachen wurden mir weggenommen und jetzt

ist keine Zeit danach zu suchen oder sich umso un-
wesentliche Dinge wie Etikettenfragen zu kümmern.
Kommen sie."

Sie hakte sich entschlossen bei ihm unter.

Special Agent Williamson, der seine Wunde notdürftig mit einem Taschentuch abgedeckt hatte, stieß
einen unterdrückten Fluch aus und stampfte hinter
den beiden her.

Der leitende indische Polizeichef wischte sich die
Schweißperlen von der Stirn als er von dem bevor-
stehenden Einsatz hörte.

„Sind sie sich ganz sicher, Mylady? Ich darf nicht an
die Konsequenzen denken…"

Die zierliche Person vor ihm nahm nun eine äußerst
bedrohliche Haltung an.

„Und ich werde dafür sorgen, dass es für sie Konsequenzen hat, wenn sie nicht sofort reagieren", sagte
sie in perfektem Hindi, was den Polizeichef noch
mehr zu beeindrucken schien als mögliche, fiktive
Konsequenzen.

Jane blieb in dem unaussprechlichen Chaos, was nach dem Schuss im Raum herrschte, nur noch die Gelegenheit Kekis Hand zu fassen und diese hinter sich her zu ziehen.

Das junge Mädchen, im Nebel vom Opium und völlig desorientiert, stolperte über seinen Sari, konnte sich aber wieder aufraffen und klammerte sich an Janes Hand wie eine Ertrinkende. Inzwischen hatten beide den Ausgang erreicht, als Jane den vermeintlichen Sadhu anschrie: „Los."

Dieser hielt die Pistole auf die im Raum Anwesenden gerichtet und trat hinter Jane und Keki ins Freie.

„Da entlang", rief er und zeigte den Weg abwärts. „Dort steht ein Auto", ergänzte er.

Zur Sicherheit gab er noch einen Schuss in die Luft ab, was die anwesenden Dienstboten, die sich außerhalb des Gebäudes befanden, erstarren ließ.

So hielten die Flüchtenden einen geringen Vorsprung.

Noch ehe sie den Weg erreicht hatten, sah Jane über die Schulter und den Rana sowie Hari Shigh, beide mit einem Gewehr in der Hand, aus dem Haus laufen. Dann sah sie das Auto.

Der Sadhu drückte ihr die Pistole in die Hand.

„Ich glaube, sie können besser damit umgehen."

Jane nickte nur und stieß die benommene Keki auf den Rücksitz des Autos, in dessen Fahreigenschaften sie spontan wenig Hoffnung setzte.

„Auf die Schnelle konnte ich nichts Besseres auftreiben", murmelte der Sadhu und startete den Motor.

Dieser sprang sofort an, aber in diesem Moment war auch der Rana näher herangekommen.

Hari Shigh war nicht zu sehen, er schien einen anderen Weg genommen zu haben.

Es war Janes Glück, dass sie den Rana mit dem Messer verletzt hatte. Daher hob er etwas umständlich das Gewehr. Sie war schneller. Eine Pistolenkugel zerschmetterte seine Schulter und mit einem Aufschrei ließ er das Gewehr fallen und sank in die Knie. Das Letzte, was Jane sah, war das Blut. Es schoss wie eine Fontäne aus der Wunde. Wahrscheinlich hatte sie eine Arterie getroffen.

Dann fuhr das Auto an, wobei sie gegen Keki geschleudert wurde und die Pistole auf dem Vordersitz landete.

Während der rasanten Fahrt gelang es ihr, diese wieder zu angeln und hielt sie fest in der Hand.

Plötzlich hörte sie einen Schuss und das Auto geriet ins Schleudern.

„Verdammt", schrie der Sadhu sehr unheilig und Jane klammerte sich an der Lehne des Vordersitzes fest. Keki erwachte aus ihrer Erstarrung und schrie gellend auf.

Der Schuss hatte das Vorderrad zerfetzt und das Auto war kaum auf der schmalen Straße zu halten. Hinter sich hörten sie Motorenlärm.

Jane beschloss jetzt kurz vor dem Ziel nicht aufzugeben. Sie nahm die Pistole fester in ihre verkrampfte Hand, mit der anderen, freien Hand schlug sie der immer noch ohrenbetäubend kreischenden Keki ins

Gesicht.

Diese verstummte sofort und begann dann leise zu weinen. Jane hatte keine Zeit sie zu trösten. Sie musste ihre freie Hand wieder dazu nutzen, sich festzuhalten, da der Wagen immer mehr schlingerte.

In diesem Moment tauchten auch noch vor ihnen Scheinwerfer auf.

Sie saßen in der Falle.

Als die Polizeibeamten das schlingernde Auto stoppten, glaubten sie ihren Augen nicht zu trauen.

Ein Sadhu, ein heiliger Mann, steuerte den Wagen.

Auf dem Rücksitz saß eine bewaffnete, scheinbar zu allem entschlossene Europäerin, daneben eine weinende und zitternde Inderin.

Noch erstaunter waren sie, als besagte Europäerin die Pistole auf den Vordersitz warf und mit einem „Gott sei Dank" aus dem Auto kletterte.

Die sie verfolgenden Autos waren verschwunden.

„Großmama."

Sie glaubte ihren Augen nicht zu trauen, als aus einem Polizeiwagen ihre Großmutter beschwerlich im Pyjama kletterte. Dann fiel ihr Blick auf Detective Inspector Brown.

„Ach nein", sagte sie spitz und musterte ihn von Kopf bis Fuß.

Dieser trat zum Auto, öffnete die Fahrertür und starrte den Fahrer an.

„Ich glaube es nicht. Jack Davids als heiliger Mann".

Der Sadhu stieg aus und wischte sich über das ascheverschmierte Gesicht.

Jane, die inzwischen ihre Großmutter umarmt hatte, fuhr herum.

„Zumindest hat er mit dieser Maskerade verhindert, dass ich als Sati verbrannt werde."

Eine lähmende Stille trat nach ihren Worten ein.

Die indischen Beamten wechselten einen Blick untereinander.

„Sind sie sich sicher, Miss?", fragte der leitende

Chefermittler und sah Jane zweifelnd an.

„Das ist Keki Shigh. Sie sollte ebenfalls verbrannt werden. Man hat sie mit Opium betäubt, aber wenn sie ihren Rausch ausgeschlafen hat, wird sie sicher meine Worte bestätigen. Sie sollten sich beeilen, meine Herren, wenn sie eine Witwenverbrennung verhindern möchten."

Ohne eine weitere Frage stürmten die Beamten zu ihren Wagen und fuhren in Richtung des Grundstücks der Familie Shigh.

Jane zog fröstelnd die Schultern nach oben. Obwohl die Nacht angenehm warm war, begann der Schock bei ihr langsam einzusetzen.

Wortlos hängte ihr der Detective Inspektor einen Paschmiraschal um die Schultern, der im Wagen lag. Jane ergriff die Hand ihrer Großmutter und sah sich um.

„Wo fahren wir hin? Keki braucht einen Arzt, ich bin mir nicht sicher wie viel sie an Opium bekommen hat. Und du, Großmama, brauchst Ruhe mit deinem Fuß."

Dann sah sie zu Jack Davids und fasste nach seiner Hand.

„Und sie, mein Freund, brauchen eine Badewanne und einen riesigen Schwamm."

Brown schwieg. Wieder einmal kam seine Meinung zur Person Jane MacKenzies ins Schwanken.

Mochte sie ihm auch häufig nervtötend erscheinen, jetzt hatte sie seine volle Bewunderung.

Sie hatte Schreckliches erlebt, war entführt, gefangen

gehalten und fast als Sati auf einem Scheiterhaufen verbrannt worden. Aber sie kümmerte sich jetzt als erstes um die anderen.

„In Delhi wartet Professor Downsand. Leider hat er sich einen unschönen Infekt zugezogen und muss das Bett hüten", sagte er.

Jane musste schmunzeln.

Was Peter Brown als unschönen Infekt umschrieb, war mit Sicherheit ein heftiger Durchfall und er würde wohl eher die Toilette als das Bett hüten.

Trotzdem war sie froh den Namen des Professors zu hören.

„Mein Gott. Da macht er sich auf einen so weiten Weg und konnte nicht einmal bei meiner Befreiung dabei sein. Aber nach Delhi sind es noch über 100 Meilen. Müssen wir diese Strecke heute Nacht unbedingt zurücklegen?"

Der Fahrer des Einsatzwagens, der Detective Inspektor Brown sowie Special Agent Williamson und Lady Dora gefahren hatte, ein junger Nordinder in Polizeiuniform, hob schüchtern die Hand.

„Ich hätte einen Vorschlag. Meine Eltern führen in der Nähe eine kleine Pension, sie sind auf europäische Gäste eingerichtet. Allerdings ist es nichts Luxuriöses, eher einfacher."

Jane nickte. „Danke, Mister…?"

„Shkires Montau, Miss."

„Nun, Mister Montau, ich bedanke mich im Namen aller für ihr Angebot, was wir dankend annehmen."

Special Agent Williamson trat einen Schritt heran

und Peter Brown musste ihn notgedrungen vorstellen. Jane reichte ihm lächelnd die Hand.

„Hören sie, Miss MacKenzie. Ich weiß nicht, ob wir die Pension aufsuchen sollten, ich denke…"

Jane hatte bereits die Wagentür geöffnet, um einzusteigen und hielt kurz inne.

„Wenn sie das Angebot nicht nutzen möchten, Special Agent, dann ist das ihre Sache. Ich tue es."

Mit einem Kopfnicken, dass ihrer Patentante, der Queen, alle Ehre gemacht hätte, bestieg sie das Auto und Special Agent Williamson setzte sich leise fluchen wieder auf den Beifahrersitz im Polizeiauto, begleitet von einem feinen Lächeln Mister Montaus.

„Fahren sie schon", faucht der Special Agent ihn an.

Jane saß mit Jack in einem anderen Polizeiauto. Dessen Maskerade als Sadhu begann einige Schwachpunkte aufzuweisen.

Keki, die man aus dem defekten Fluchtwagen sanft in dieses getragen hatte, war auf dem Rücksitz wieder eingeschlafen.

„Hoffentlich brauchen wir nicht zu lange, um diese Pension zu erreichen. Ich habe schrecklichen Hunger."

Jack Davids verlor fast die Beherrschung, so lachte er.

„Sie sind wirklich köstlich, Jane."

Diese warf ihm einen erstaunten Blick zu.

„Wieso? Seid über vierundzwanzig Stunden habe ich nichts mehr gegessen."

Leise glucksend lehnte sich Jack Davids zurück.

Plötzlich erschien ein Licht am Horizont, das sich

recht schnell als die Fenster eines kleinen Hauses erwies.

Vor einem Tor hielten die beiden Wagen und Jack Davids stieg als erstes aus.

Die Pension der Familie Montau erwies sich als klein, aber sauber und durchaus für europäische Gäste eingerichtet.

Die Besitzerin, Missis Montau, deren geschäftiges Wesen Jane an Missis Nowland, die Haushälterin von Professor Downsand erinnerte, ertrug mit stoischer Ruhe und Gelassenheit den plötzlichen Überfall einer nicht gerade vertrauenserweckend aussehenden Gruppe von Europäern.

Mit kurzen Worten setzte ihr Sohn ihr die Situation auseinander, wobei sich ihre Miene nicht im Geringsten veränderte. Fast hätte man meinen können, Katastrophen wären für sie kein Grund unruhig zu werden.

Innerhalb einer halben Stunde waren zwei schwedische Rucksacktouristinnen in die untere Etage umgesiedelt, ein irischer Student in ein Nebengebäude verfrachtet, die erste Etage komplett für die neuen Gäste bereit und es stand Teegebäck und eine verführerisch riechende heiße Suppe auf einem schön gedeckten Tisch.

Nachdem Jane dafür gesorgt hatte, dass Keki in einem Bett lag und nach einem Arzt geschickt wurde und Lady Dora mit hoch gelagertem Fuß eine Tasse Tee in den Händen hielt, aß sie in aller Ruhe ihre Suppe und machte deutlich, dass selbst der Weltuntergang sie jetzt nicht davon abbringen könnte etwas zu essen.

Erst beim Tee war sie bereit näheres zu erzählen, wobei sie hartnäckig darauf bestand, dass Jack Davids dabei sein sollte.

Schließlich hatte seine Rettungsaktion ihr das Leben gerettet und so stand ihm ein Exklusivbericht für seine Zeitung zu.

Mit leicht verschmiertem Gesicht, aber gespannt saß er mit Detective Inspektor Brown und Special Agent Williamson auf der einen Seite und Jane auf der anderen Seite des Tisches.

Nur am Fenster, fast im Dunkeln, saß Lady Dora in einem bequemen Sessel.

Jane erzählte ruhig und flüssig. Noch war das Erlebte frisch, der Schock hatte noch nicht eingesetzt, vielleicht würde er noch kommen, sicher sogar.

Peter Brown bedauerte zutiefst, Professor Downsand nicht hier zu haben. Er könnte den Seelenzustand Janes besser einschätzen.

Aber mit etwas Glück waren sie morgen alle in Delhi und der Professor hoffentlich soweit wiederhergestellt, dass er mit Jane über das Erlebte sprechen konnte.

Nach zwei Stunden war alles gesagt.

Special Agent Williamson würde seinen Bericht schreiben und morgen in die Staaten zurückfliegen.

Jack Davids erhob sich eilends, um exklusiv seinen Bericht nach London zu mailen und damit den Artikel seines Lebens zu bringen.

189

Jane ging zu dem Arzt, der Keki untersucht hatte und fragte ihn nach ihrem Befinden.

„Ich habe ihr eine Spritze gegeben. Sie wird bis morgen früh durchschlafen. Es besteht kein Anlass zur Besorgnis, allerdings…"

Er schwieg eine Weile und schien zu spüren, wie Jane die Luft anhielt.

„Allerdings?", fragte sie.

„Wird sie den Tod ihrer Mutter verkraften müssen." Der Arzt sagte es, hilflos die schmalen Schultern zuckend. Dann nickte er Jane mit einem müden Lächeln zu und zog sich zurück.

Diese hatte das Gefühl, als rollten kalte Eiswürfel über ihren Rücken.

Sie sah den Detective Inspector an, der am Fenster stand und jetzt nur müde mit dem Kopf schüttelte.

„Ich hatte gerade einen Anruf. Sie konnten es nicht mehr verhindern", sagte er leise und sah sie dabei nicht an.

Ihr war klar was er jetzt dachte. Er wäre auch bei ihr zu spät gekommen. Nur Jacks Maskerade und seine Kaltblütigkeit hatten Jane das Leben gerettet.

„Wir sollten alle ein wenig schlafen, Peter", sagte Jane und ergriff seine Hand. Fast erleichtert drückte er diese.

„Ja, das sollten wir."

Dieser trat in den Raum zurück.

„Großmama?", fragte Jane und sah in die dunkle Ecke. Nur der Feuerschein des Kamins zeichnete die Konturen der alten Dame im Sessel nach.

Diese hob etwas ihre Hand.

„Komm bitte zu mir."

Ihre Stimme war leise, nicht so kräftig und befehls-gewohnt wie sonst.

Jane kam der Bitte nach und ging neben den Sessel in die Hocke. Lady Dora drehte ihr das Gesicht zu und erschrocken sah sie, dass ihre Großmutter geweint hatte.

„Mein Kind, ich muss dir sagen, du hast heute einen unglaublichen Mut bewiesen. Ich bin sehr stolz auf dich."

Jane umarmte ihre Großmutter fest und kämpfte selbst mit den Tränen. Sie wusste, würde sie jetzt anfangen zu weinen, könnte sie nicht mehr aufhören und davor hatte sie Angst.

„Ich bin auch sehr stolz auf dich, Großmama. Es ist schon eine Leistung, einen FBI Agenten mit einem Stuhlbein außer Gefecht zu setzen."

Mit dieser Bemerkung hatte sie die Situation ent-spannt und Jane spürte mehr als sie es sah, dass ihre Großmutter lachen musste.

„Nun ja", sagte sie. „Ich glaube, ich war nicht ganz schlecht."

Dann strich sie Jane sanft über die Wangen.

„Du solltest jetzt schlafen gehen. Ich bleibe noch et-was sitzen und denke noch etwas nach. Mach dir also keine Sorgen um mich."

Jane erhob sich und drückte nochmals fest die Hand ihrer Großmutter.

Im Türrahmen stand noch immer Peter Brown.

Obwohl er sich wie ein Voyeur fühlte, hatte er sich nicht von dieser Szene losreißen können.

In Janes Augen war nichts Vorwurfsvolles, als sie an ihm vorüber ging.

„Der Mut scheint bei euch in der Familie zu liegen", sagte er leise, mit einem Kopfnicken hin zu ihrer Großmutter.

Jane zuckte etwas mit den Schultern.

„Ich weiß nicht ob es etwas mit Mut zu tun hat. Gute Nacht."

Plötzlich sah Jane ein Gesicht über sich.

Dunkle, fast schwarze Augen starrten sie hasserfüllt an. Als sie sich aufrichten wollte, drückten zwei Hände ihre Schultern zurück.

Ihr Mund war trocken, nicht einmal schreien konnte sie.

„Hast du wirklich geglaubt, du entkommst uns?" Phola Shighs Stimme war leise und Jane spürte, diese Frau war zu allem entschlossen. Sie roch das feine, schwere Parfüm und noch etwas.

Alarmiert wandte sie den Kopf und sah, dass das Zimmer in Flammen stand. Langsam krochen die Flammen auch auf ihr Bett zu. Jetzt fand sie ihre Stimme wieder.

„Lassen sie mich los. Wir müssen hier raus."

Aber die Kraft dieser Frau schien übernatürlich. So sehr sich Jane auch wehrte, sie schaffte es nicht sich zu befreien.

„Wir sterben beide, Jane MacKenzie."

Phola Shigh sagte es leise und gelassen. Aber Jane war nicht bereit aufzugeben. Sie riss ihre Hände nach oben und kämpfte.

„Lassen sie mich los."

Ihre Stimme war wieder kräftiger, aber der Rauch kratzte zunehmend in ihrer Kehle. Inzwischen war das Feuer am Fuß des Bettes angekommen und der zarte Moskitoschleier, der das Bett umspannte, wurde vom Feuer aufgefressen.

Plötzlich war das Bett der Mittelpunkt des Flammeninfernos. Noch ein paar Sekunden und sie würden beide in Flammen stehen, aber Phola ließ ihre Schultern nicht los, sondern drückte sie mit Gewalt ins Kissen zurück. Jane stemmte ihre Hände gegen deren Oberkörper, der nicht weiblich weich, sondern sehr muskulös war.

„Hilfe", keuchte sie nur noch und wurde dann geschüttelt wie eine Maus im Maul der Katze.

„Jane, wachen sie auf. Jane."

Das Feuer war verschwunden und auch Phola Shigh. Jane hatte ihre Hände gegen Peter Browns Oberkörper gestemmt, der seine Arme fest um sie gelegt hatte.

Im Zimmer brannte Licht, nicht hell und nicht zu vergleichen mit der Feuersbrunst, die eben noch hier geherrscht hatte.

Sie sah Jack Davids besorgtes Gesicht neben Special Agent Williamson, dessen kurzer Igelhaarschnitt schweißbedeckt glänzte und Mister Montau, dessen dunkle Augen erschreckt auf sie gerichtet waren.

„Jane. Sie haben geträumt."

Peter Browns Stimme klang ruhig und er strich ihr sanft über die Schultern. Jane schluckte und nahm ihre Hände von Peters Oberkörper.

„Das Feuer?", fragte sie schlaftrunken und sah auf den Moskitoschleier. Er hing unversehrt von der Decke herab.

„Sie haben geträumt", wiederholte Peter ruhig.

In diesem Moment trat Lady Dora ins Zimmer.

Fragend sah sie ihre Enkeltochter an, dann die anderen Anwesenden.

Peter Brown erhob sich langsam.

„Jane hatte einen Albtraum. Wir alle haben sie schreien hören."

„Ich bleibe für den Rest der Nacht hier. Ich danke ihnen, meine Herren".

Damit entließ sie die Anwesenden wie ihren Hofstaat und setzte sich an Janes Bett.

Special Agent Williamson brummte leise vor sich hin und verließ das Zimmer ebenso wie Mister Montau.

Jack Davids warf noch einen Blick auf Jane und zögerte.

„Ist alles in Ordnung mit ihnen?"

Ihm war es ziemlich gleichgültig, dass Lady Dora ihn und die anderen so abrupt verabschiedet hatte, auch den Blick, den sie ihm jetzt zuwarf, ignorierte er.

Jane sah zu ihm hin und schenke ihm ein etwas angespanntes Lächeln.

„Ja, Jack. Danke. Gehen sie wieder ins Bett."

Dieser nickte und hob noch einmal leicht die Hand, dann zog er die Tür hinter sich zu.

Nur Peter Brown stand noch im Raum, am Fußende des Bettes und sah auf Jane herab.

Sie wirkte extrem verstört. Kein Wunder nach den Ereignissen der letzten Tage und diesem offensichtlichen Albtraum.

Er bedauerte, Professor Downsand nicht hier zu haben, bei ihm wäre Jane in den besten Händen.

Aber morgen könnten sie sicher alle nach Delhi aufbrechen und vielleicht war der Professor soweit wiederhergestellt, dass er sich umgehend um sie kümmern konnte.

Lady Dora sah ihn schweigend an. Er bemerkte ihren Blick erst nach einer Weile.

Etwas verlegen räusperte er sich.

„Nun denn, ich gehe jetzt auch."

Als er an der Tür war, rief Jane seinen Namen.

Er drehte sich um und sah, wie sie ihm zulächelte.

„Danke, Peter."

Er nickte nur und schloss die Tür.

Erst auf dem Flur fiel ihm ein, dass er Jane noch nie mit offenen Haaren gesehen hatte und dass er Lady Doras plötzliches Auftauchen bedauerte.

Das Frühstück fand durch die nächtlichen Ereignisse bedingt deutlich später statt. Die Sonne stand bereits hoch am Himmel, als alle sich im hellen Morgenzimmer der Pension versammelten.

Keki schlief noch. Der Arzt hatte wieder nach ihr gesehen und Jane bestätigt, dass auch sie heute mit den anderen nach Delhi aufbrechen könne, soweit die örtliche Polizei nichts dagegen habe.

Jane selbst sah blass und schmal aus, dunkle Ringe lagen unter ihren Augen, sie wirkte müde und erschöpft. Stumm aß sie ihren Porright.

Dann sah sie Special Agent Williamson an, der verkündete, morgen in die Staaten zurück fliegen zu wollen.

„Ich möchte, dass sie für Keki eine Bescheinigung für eine Ausreisegenehmigung versorgen. Sie muss mit uns nach England kommen, hat aber keinen Pass. Ihre Aussage hier könnte schnell protokolliert werden."

Williamson lehnte sich zurück, der Stuhl gab knarrende Geräusche von sich. Seine hellen Augen musterten Jane.

„Und wie stellen sie sich das vor?"

Jane schob den leeren Teller von sich und ergriff ihre Teetasse. Jack Davids sprang auf und goss ihr Tee ein, belohnt von einem strahlenden Lächeln.

Dieses verschwand sofort, als sie sich wieder Special Agent Williamson zuwandte.

„Sehr einfach. Lassen sie sich etwas einfallen."

Dieser blickte stumm in seine Kaffeetasse.

Es reichte schon, dass er einen Fall, an dem er gearbeitet hatte, von heute auf morgen abgeben musste. Und das nur, weil John MacKenzie verlangte, der beste Mann des FBI solle nach Indien zur Befreiung seiner Nichte geschickt werden. Er wusste, welche Verbindungen John MacKenzie hatte, bis in die höchsten Regierungskreise hinein.

Man munkelte, er und seine Familie würden zum engsten Freundeskreis des Präsidenten gehören.

Williamson hatte sich zähneknirschend gefügt, aber sich jetzt von dessen Nichte, die ihm wie eine Mischung aus Highlander Film und englischen Comedy erschien, unter Druck setzen zu lassen, war zu viel für ihn.

Noch konnte er nicht ahnen, wie stark er sie unterschätzte, als er lakonisch sagte: „Das ist nicht meine Angelegenheit, Miss MacKenzie. Wenden sie sich an die indischen Behörden."

Jane wusste, dass er grundsätzlich Recht hatte.

Aber indische Behörden pflegten sehr langsam zu arbeiten und trotz der ganzen schrecklichen Geschichte war zu befürchten, dass die Familie Shigh über noch genügend Einfluss verfügte, die Ausreise Kekis aus Indien zu unterbinden.

Sie sah Special Agent Williamson lange an, dann erschien ein Lächeln auf ihrem Gesicht. Plötzlich wandte sie den Kopf.

„Jack, sagen sie, haben sie eigentlich ein paar Verbindungen zu ihren amerikanischen Kollegen?"

Dieser verschluckte sich fast an seinem Toast, beeilte

sich aber, trotz Hustenkrämpfen, zu nicken.

Während Jane sich erhob und ihm auf den Rücken klopfte, sagte sie: „Oh, diese sind doch sicher an dieser Story interessiert, wie es Großmama gelungen ist, einen FBI Special Agent mit einem Stuhlbein außer Gefecht zu setzen. Also, ich finde die Sache toll. Ich bin überhaupt gespannt, wie Onkel John das findet. Er hat auch einen entschiedenen Sinn für Humor, das ist ja etwas, was er mit dem Präsidenten teilt."

Lady Dora hatte beim Nennen ihres Namens kurz aufgeschaut, senkte aber mit einem kurzen Zucken ihrer Mundwinkel wieder den Blick zu ihrer Teetasse.

Jack Davids, der sich inzwischen von seinem Hustenanfall erholt hatte, grinste breit. Jane nahm wieder Platz und lächelte Williamson charmant an.

Dessen Faust sauste neben seinem Teller nieder, sodass der Toast quer über den Tisch sprang und geschickt von Peter Brown aufgefangen wurde, der schweigend dem Intermezzo gefolgt war.

„Sie hinterhältige, kleine Schlange."

Williamsons Kopf nahm eine beängstigend rot- blaue Färbung an. „Sie elende…"

„Ich muss doch sehr bitten, junger Mann. Ihr Benehmen mag unter ihresgleichen in Ordnung sein. Ich hingegen dulde es in meiner Anwesenheit nicht."

Lady Dora warf ihm einen strengen Blick zu und ergriff erneut ihre Teetasse.

Das war zu viel. Mit einem Poltern fiel sein Stuhl zu Boden und Special Agent Williamson stampfte flu-

chend hinaus, nicht ohne noch geräuschvoll die Tür
ins Schloss zu werfen.

Peter Brown erhob sich und warf einen Blick auf
Jane, die demonstrativ bescheiden ihren Blick senkte.

„Ich hätte es vielleicht etwas diplomatischer ausge-
drückt als er, aber mit dem gleichen Hintergrund…sie sind unmöglich, Jane."

Er ging zur Tür und sah noch einmal zurück.

„So, und ich gehe jetzt zu ihm und mache ihm klar,
dass es besser für ihn und uns alle ist, wenn er tut,
was sie wollen. Schließlich können wir Keki Shigh ja
nicht einfach hierlassen."

Leise schloss er die Tür und Jane warf Jack Davids
einen verschwörerischen Blick zu.

Jane hatte es übernommen, Keki zu sagen, dass ihre Mutter sich als Sati verbrennen lassen hatte.

Peter hatte vorgeschlagen einen Polizeipsychologen hinzuzuziehen, aber Janes Blick hatte ihn zum Schweigen gebracht.

Vielleicht hatte sie Recht. Sie hatte selbst mit Keki zusammen am Abgrund gestanden, sie kannte alle Umstände am besten und war ihr wohl jetzt die größte Stütze.

Das Verhör durch die örtliche Polizei hatte zwei Stunden gedauert. Auf Kekis ausdrücklichen Wunsch war Jane dabei gewesen und es war auch sie gewesen, die dem Mädchen vorher gesagt hatte, sie sollen nur zum Fakt dieser Sache sprechen und alles andere leugnen.

Schließlich hatte Keki geahnt oder auch gewusst, was mit den beiden verschwundenen englischen Touristinnen geschehen war.

Man hatte sie als Kumaris verbrannt, der Göttin Kali geopfert.

Keki hatte Jane nur zögerlich von dieser mysteriösen Vereinigung erzählt, der ihr ältester Bruder, ihre Schwägerin und auch ihre Mutter angehörten.

Ihr Vater hatte es immer abgelehnt. War er deswegen an dieser mysteriösen Krankheit erkrankt, wie ihre Schwägerin es immer wieder Keki sagte und schließlich daran gestorben?

Sein Körper war vollständig verbrannt, man würde nie wissen, ob es nicht vielleicht sogar Mord durch die eigene Familie war.

Aber Keki konnte der Polizei alle Namen von Sektenmitgliedern nennen und Jane sah an den immer größer werdenden Augen der Beamten, deren Unruhe und verstohlenen Blicken untereinander, dass es sich um weitere namhafte Persönlichkeiten wie den Rana und Doktor Talfis handeln musste.

Keki hielt das Verhör tapfer durch und sagte genau das, was Jane ihr eingeschärft hatte.

Unmittelbar danach brachen alle zusammen nach Delhi auf.

Jane wusste, das Special Agent Williamson einige Telefonate geführt hatte. Er ignorierte sie allerdings die ganze Zeit über, aber von Peter wusste sie, dass Keki jetzt gültige Papiere und einen Pass erhalten würde.

Sie saß mit dem Mädchen auf der Rückbank des Polizeiwagens, gefahren von Mister Montau, der es sich nicht nehmen ließ, sie persönlich nach Delhi zu fahren.

Jane hielt Kekis Hand fest in der ihren. Das Mädchen wirkte so zart und schutzbedürftig, dass Jane das Bedürfnis hatte, sie wie einen Welpen fest an sich zu pressen und zu liebkosen.

Als hätte Keki ihre Gefühle erraten, lehnte sie zaghaft den Kopf an Janes Schulter und diese legt den Arm um sie.

„Keki, ich muss etwas wissen. Gopal, dein Bruder, und du, habt ihr euch regelmäßig geschrieben?"

Sie spürte das Nicken an ihre Schulter.

„Hat er etwas geschrieben von dieser Familie Patton,

von Mister Patton? Das er vielleicht Streit mit ihm hatte?"

Keki setzte sich langsam auf.

„Nein, nie. Aber wir wussten beide, dass unsere Briefe kontrolliert werden. Von meinem Bruder, aber meistens von meiner Schwägerin."

Keki sah Jane verängstigt an.

„Wird sie ins Gefängnis kommen?"

Verwirrt sah Jane sie an, dann verstand sie.

„Ja, natürlich. Keki, diese Frau war an zwei Morden beteiligt und fast an einem dritten und dich dazu, das sind vier."

Sie schloss ihre Hand fester um die des jungen Mädchens als sie sah, wie sich deren Augen mit Tränen füllten.

„Keki, diese Frau ist abgrundtief böse. Du darfst kein Mitleid mit ihr haben. Aber Gopal, ich glaube, er ist unschuldig. Du bist jetzt die Einzige, die mir helfen kann, die Wahrheit herauszufinden."

Scheinbar hatte Keki genau das gebraucht, um ihre Lebensgeister zu aktivieren. Entschlossen nickte sie.

„Er hat immer nur Andeutungen gemacht, über die Frau, die er liebt. Seine große Liebe. Sie hat ihn aber auch traurig gemacht. Manchmal waren seine Briefe richtiggehend verzweifelt."

Jane zog die Stirn in tiefe Falten. Glücklicherweise war ihre Großmutter nicht in der Nähe, um sie deswegen zu tadeln.

Das brachte eine völlig neue Erkenntnis.

Eine Frau, eine Freundin. Also doch Francis Patton?

Aber diese hatte es doch abgestritten? Und überhaupt, irgendwie fühlte es sich für Jane nicht stimmig an. Francis und Gopal, gute Freunde ja, aber ein Liebespaar? Und sogar, wenn es an dem gewesen wäre, warum hätten sie es verheimlichen sollen?

Francis war eine junge, selbstbewusste Frau, sie hätte zu ihren Gefühlen gestanden. Nein, es musste noch jemand anderen in Gopals Leben gegeben haben.

„Kannst du dich an einen Namen erinnern?"

Keki schüttelte den Kopf.

„Nein. Ich habe auch immer alle Briefe verbrannt, wenn ich sie gelesen hatte. Aber Phola hatte trotzdem einige zuvor gelesen. Einmal sprach sie mit Hari darüber, sie tobte und er auch. Gopal sollte sofort aus England zurückkommen. Sogar eine Ehe wurde für ihn arrangiert und kurz danach geschah dann der Mord."

„Und du bist dir sicher, dass niemand deiner Verwandten zu dieser Zeit in England war?"

Keki schüttelte den Kopf.

„Nein, sie waren hier, zumindest habe ich sie gesehen."

Jane verstand die Andeutung. Noch vor ein paar Wochen hätte sie diese Bemerkung als verrückt abgetan, aber jetzt hatte sie Einblick in die tiefe Religiosität mit ihren Mythen und Legenden dieser Menschen kennen gelernt.

Trotzdem, Jane selbst war in dieser Hinsicht rational genug, um nicht an Seelenwanderung und ähnliches in diesem Fall zu glauben.

„Nein Keki, es geht hier nicht um Götter oder Geister, es war ein scheußlicher und ganz realer Mord und da wir beide glauben, dass Gopal ihn nicht begangen hat, müssen wir alles tun, um das Gegenteil zu beweisen."

Jane traf Professor Downsand in einem jämmerli-
chen, aber stabilen Zustand an. Er war blass mit tiefen Augenringen, nirgendwo war seine sonst allge-
genwärtige Pfeife zu entdecken, was seinen Zustand
mehr als deutlich zeigte.

Aber er stand auf seinen beiden Beinen und schloss
Jane fest in die Arme. Dann verbrachten sie zwei
Stunden ganz ungestört im Gespräch miteinander.

Am Nachmittag spazierte der Professor mit Detective
Inspektor Brown durch den schön angelegten Park
des Hotels.

Die Luft war für die Verhältnisse in Delhi relativ klar
und eine angenehme Temperatur herrschte, beson-
ders durch die breiten, mit rosenbewachsenen Pergo-
len überdachten Wege.

Jane saß mit Keki auf der Terrasse, jede von ihnen in
einem Lehnstuhl, aber so nahe beieinander, dass sie
ungestört plaudern konnten und von Zeit zu Zeit
nahm Jane Kekis Hand und drückte sie zärtlich.

Professor Downsand deutete auf die Terrasse, dann
steckte er beide Hände tief in seine Hosentaschen
und schlenderte weiter.

„Wissen sie Peter, mir ist noch nie ein Mensch wie
Jane MacKenzie untergekommen. Ich frage mich
woher sie diese unwahrscheinliche Kraft nimmt. Sie
hätte wohl das Recht gehabt jetzt zusammen zu brechen. Irgendjemand für dieses unvorstellbare Chaos
der Gefühle das sie durchleben musste, verantwortlich zu machen. Nein, sie hat mir alles erzählt, haar-
klein. Sie hat so viel Stärke und sogar Humor bewie-

sen. Und jetzt beschäftigt sie sich mit Keki und Gopal und wie sie ihnen helfen kann."

Peter Brown drehte sich zur Terrasse um.

Janes Haar leuchtete glutrot in der Sonne, dann hörte er sie mit Keki lachen.

„Ist sie unversehrt, physisch, meine ich?"

Der Professor schwieg eine Weile.

„Sie meinen, ob sie vergewaltigt wurde?"

Peter Brown nickte und riss eine der dunkelroten, samtenen Rosen ab. Gedankenverloren strich er über die Blätter und entfernte vorsichtig die Dornen am Stiel.

„Nein. Körperlich wurde weder ihr noch Keki in irgendeiner Form Gewalt angetan. Sie wollten die beiden der Göttin Kali opfern, als Kumaris, genau wie die beiden Engländerinnen. Das war die Gemeinsamkeit, nach der wir vergeblich gesucht haben. Eine späte Rache an den englischen Besatzern. Eine ihrer Töchter als Kumari der Göttin zu opfern, ein perfider Plan."

Peter Brown blieb stehen und sah den Professor fragend an.

„Kumari? Was bedeutet das?"

„Jungfrau. Sie haben lange, lange nach jungen, englischen Frauen gesucht, die noch Jungfrauen waren. Wie sie das bei den beiden Engländerinnen herausgefunden haben, ich weiß es nicht. Zweifellos hat dieser Doktor Talfis sie untersucht, nachdem Phola Shigh sie ausgesucht hatte. Jane haben sie einen Eid auf die Bibel schwören lassen."

Mit gerunzelter Stirn schaute Peter Brown zur Veranda zurück, wo Jane gerade einen Schluck aus ihrer Teetasse nahm.

Er machte sich seine eigenen Gedanken, sagte aber nichts dazu.

„Kommen sie, wir gehen zurück", sagte schließlich der Professor. Peter hatte die Rose noch immer in der Hand, als sie die Veranda betraten.

Jane blinzelte gegen die Sonne und lächelte.

In England hätte er eine solche Geste sentimental und gefühlsmäßig übersteigert empfunden, aber jetzt nahm er die Rose und legte sie behutsam neben Janes Hand. Diese sah erst auf die Blume, dann zu ihm hoch.

„Danke, Peter. Wann reisen wir ab?"

Jane wandte ihren Blick zu Professor Downsand.

„Sobald sie sich in der Lage fühlen?"

Dieser machte eine hilflose Geste und lächelte etwas schief.

„Ich hätte gern noch ein paar Tage hier gehabt, aber ich verstehe. Wir müssen zurück, je eher desto besser. Aber was ist mit ihnen, junge Frau?"

Keki hatte bis dahin geschwiegen und bescheiden den Kopf gesenkt. Jetzt hob sie ihn und zwei riesige, dunkle Augen leuchteten auf.

Sie griff in die Tasche ihres Saris und legte ein Dokument auf den Tisch.

„Mein Reisepass", sagte sie leise.

„Er wurde vor ein paar Minuten gebracht. Special Agent Williamson ist schon ein toller Kerl", ergänzt die Jane und grinste über das ganze Gesicht, während Keki ein leises, perlendes Lachen erklingen ließ. Ein Hotelangestellter näherte sich ihnen und übergab Jane eine Notiz.

„Ich hoffe, es geht für sie in Ordnung, Professor? Ich habe fünf Plätze auf die Morgenmaschine nach London buchen lassen. Ist das o.k.?"

Dieser nickte.

„Ja. Ich denke, je eher, je besser."

Zurück in London quartierte Jane Keki in ihrem Apartment bei Missis Hobert ein.

Schließlich stellte sie fest, dass sie nichts Brauchbares herausgefunden hatte, um Gopal Shigh zu entlasten. Eine Tatsache, die sie mehr als frustrierte.

Immer und immer wieder hatte sie gemeinsam mit Keki überlegt, wer die heimliche Geliebte ihres Bruders gewesen sein könnte.

Peter Brown hatte versprochen sich um eine Besuchserlaubnis für Keki bei ihrem Bruder zu bemühen.

Vielleicht gelang es ihr ihn zum Reden zu bringen, obwohl Jane das immer mehr bezweifelte.

Es ging schon auf Mitternacht, als Jane aus dem Bad trat. Sie hatte ihre Haare gewaschen und rieb sie gerade mit einem Badetuch trocken, als sie Keki beobachtete, die mit Hieronymus auf dem Schoß einen Liebesfilm über irgendeine sentimentale Dreiecksgeschichte ansah. In Indien hatte Phola, ihre Schwägerin, ihr solche Filme grundsätzlich untersagt.

Nachsichtig lächelte Jane.

„Wie kannst du dir nur so einen Schmalz anschauen?"

Keki sah sie mit ihren samtschwarzen Augen an.

Auch Hieronymus warf einen fast anklagenden Blick auf Jane. Er hatte sich, ganz gegen seine Gewohnheit, sehr stark mit Keki angefreundet und duldete jede nur mögliche Zärtlichkeit von ihr.

„Es ist so romantisch", flüsterte Keki und Jane lachte. Plötzlich hielt sie in ihrer Bewegung inne und starrte auf den Fernseher.

Keki sah sie verängstigt an.

„Jane?", fragte sie leise und setzte vorsichtig Hieronymus ab, der entrüstet fauchte.

Jane ließ sich in einen Sessel fallen, ohne die Augen von dem eben zuvor kritisierten Film zu lassen.

Plötzlich stieß sie den Atem aus und schüttelte den Kopf so wild, dass die Tropfen aus ihren nassen Haaren um sie herum stiebten.

„Ich fasse es nicht. Wir waren blind, alle waren wir blind."

Keki hatte die Beine angezogen und beobachtete Jane völlig verängstigt. In ihren Augen war ihre neu gewonnene Freundin sicher von einem bösen Dämon besessen.

Als Jane bemerkte, wie sie Keki verängstigte, sprang sie spontan wieder auf.

„Ich habe eine Idee. Wenn uns das gelingt, könnte Gopal bald frei sein."

Sie war mit einem Satz beim Telefon und klingelte den Journalisten Jack Davids aus dem Bett.

„Jane? Ausgerechnet heute wollte ich einmal etwas eher in mein Bett", maulte er, hielt aber inne, als er hörte, was Jane ihm unterbreitete.

„Glauben sie wirklich das das klappt? Das wäre… wow. Ich mache mich sofort auf dem Weg. Ja, noch vor 7:00 Uhr. Ich habe es verstanden."

Keki war neben Jane getreten und sah sie verwirrt an.

„Glaubst du wirklich, dass…?"

Diese nickte.

„Ja und dein Schmachtfetzen im Fernsehen hat mich

darauf gebracht."

Sie wählte die Nummer von Peter Brown.

Dieser klang dynamisch und frisch wie immer und hatte seltsamerweise keine Einwände gegen ihren Plan.

Genau 7:00 Uhr trafen sie sich mit Detective Inspector Brown in dessen Büro.

Keki, etwas übermüdet, Jane sprühend vor Tatendrang und ein sichtlich schlecht gelaunter Professor Downsand.

„Jane, sie sind noch mein Tod. Erst diese Indiengeschichte und jetzt lassen sie mich vor Tau und Tag hier antreten."

Mit einem Glitzern in den Augen warf er ein Lunchpaket auf den Tisch.

„Missis Nowland glaubt wohl, wir könnten verhungern."

„Essen? Das klingt gut."

Jack Davids steckte seinen Kopf zur Tür herein und nahm wie ein hungriger Tiger Witterung auf.

„Erst die Arbeit", knurrte Jane und streckte ihm die Hand entgegen, in die er eine druckfrische Zeitung legte.

Wortlos schob ihm der Professor das Lunchpaket hin und sah über Janes Schulter. Diese lächelte zufrieden.

„Also gut. Wann kommt er?"

Peter Brown sah zur Uhr.

„In ein paar Minuten."

Er deutete in den Nachbarraum. Jane öffnete die Tür und legte die Zeitung auf den Tisch.

„Gut. Hoffen wir das es funktioniert. Keki?"

Diese nickte.

„Ich rede mit ihm."

Jane schloss sie schnell in die Arme.

„Denk daran, alles liegt jetzt an dir."

In diesem Moment wurde das Nachbarzimmer geöffnet und ein Beamter begleitete Gopal Shigh herein. Peter Brown begab sich nach nebenan, wechselte ein paar Worte mit ihm und kam schließlich zurück.

„Ich sagte ihm, ich lasse ihm Tee bringen und dass er Besuch hat. Hoffen wir, dass er sich mit dem englischen Rechtssystem nicht so detailliert auskennt. Er würde sich sonst wundern, warum er für den Besuch zur Polizei gebracht wird."

Durch eine Scheibe, die Gopal von der anderen Seite nicht wahrnahm, wurde er jetzt von fünf Augenpaaren verfolgt. Es schien eine Ewigkeit, bis sein Blick auf die Zeitung fiel. Erst nur oberflächlich, dann nahm er sie in die Hand.

Nach einer Weile meinte man seine Erstarrung fühlen zu können.

Er warf die Zeitung weg wie ein ekliges Insekt und schlug die Hände vors Gesicht. Keki stöhnte auf und Jane legte ihre Hand auf ihren Arm.

„Jetzt liegt alles an dir, komm."

Detective Inspector Brown öffnete wieder die Tür und ließ Keki hinein.

Jane kam sich wie ein Voyeur vor, als sie die Geschwister beobachtete. Zum ersten Mal fiel die Gleichmut, die er bisher nach außen gezeigt hatte, von Gopal Shigh ab als er seine Schwester sah.

Sie fielen sich in die Arme und zärtlich streichelte Keki immer wieder sein Gesicht.

Schließlich setzten sie sich, ihre Hände noch immer umfassend und erzählten leise.

Jack Davids biss wieder in das Schinkensandwich und zuckte die Schultern, als die anderen Anwesenden ihn stirnrunzelnd ansahen.

„Entschuldigung. Aber Jane hielt mich die ganze Nacht auf Trab. Ich kam keine Sekunde zum Schlafen, geschweige denn zum Essen."

Diese legte ihre Hand auf seinen Arm und lachte.

„Entschuldigen sie Jack, aber wenn das hier alles so läuft, wie ich es mir erhoffe, dann haben sie wesentlich dabei geholfen, einen Unschuldigen vor dem Gefängnis zu bewahren."

„Wenn", meinte Peter Brown resigniert, denn zwischen den Geschwistern im Nebenraum schien sich nichts anderes abzuspielen als eine leise Unterhaltung. Fast eine halbe Stunde ging das nun schon so. Peter Brown trommelte ungeduldig mit den Fingern auf die Schreibtischplatte. Jack Davids hatte das vierte oder fünfte Sandwich verschlungen, Professor Downsand kämpfte zwischen Interesse und Müdigkeit und Jane ließ keinen Blick von den Vorgängen im Nebenraum.

„Ich gehe jetzt rein", sagte der Detective Inspector schließlich, aber Janes Hand auf der seinen hielt ihn zurück.

„Nein, warten sie noch", sagte Jane, und es war keine Bitte. Peter blieb stehen und atmete tief ein. Verdammt, wieso stolzierte sie in sein Büro, in sein Leben, brachte hier alles durcheinander, brachte ihn völlig aus dem Konzept und tat, als sei dies alles selbstverständlich? Und er? Er fühlte sich in ihrer

215

Gegenwart unsicher, verlegen, und hatte ständig das Gefühl, die besten Manieren an den Tag legen zu müssen.

Eben wollte er irgendetwas erwidern, als Jane ihn durch eine Geste zum Schweigen brachte.

„Da", sagte sie nur und deutete auf das Fenster.

Gopal war aufgesprungen und gestikulierte wild in die Luft, aber Keki redete weiter auf ihn ein.

Sie stand ebenfalls auf und ging auf ihren Bruder zu. Erst wandte er sich ab, aber schließlich legte sie ihre Hände auf seine Schultern.

Tränen liefen über sein Gesicht und er nickte. Erschöpft sank er auf den Stuhl zurück, ohne dass Keki ihre Hände von seinen Schultern nahm. Ihre Augen wanderten zu dem verborgenen Fenster und sie nickte.

Alle Anwesenden auf der anderen Seite atmeten hörbar auf. Jack Davids schüttelte mit seiner Sandwichcremeverschmierten Hand die von Jane und Professor Downsand und dieser lächelte breit.

„Sie sind ein Teufelsmädchen, Jane", sagte er und atmete tief durch.

„Wenn es etwas geholfen hat, war die Arbeit nicht umsonst", meinte sie schließlich lakonisch.

Schweigend schaltete Peter Brown die Mikrofone wieder ein, die er auf Kekis Verlangen hin abgestellt hatte und betrat den Nachbarraum, um das Verhör zu beginnen.

Eine Stunde später wurde Gopal Shigh zurück ins Gefängnis gebracht, obwohl Peter Brown ihm zusichern konnte, dass er dieses noch am Abend verlassen würde.

Jane hatte sehr unbürokratisch die einstweilige Kaution zur Verfügung gestellt.

Gopal Shigh war jetzt defacto ein reicher Mann, aber erst mussten die finanziellen und rechtlichen Angelegenheiten geklärt werden.

Zur gleichen Zeit war ein Polizeiwagen nach Oxford unterwegs, um Patricia Patton, ihren Liebhaber Harry Molder und ihrer beiden Freundin und Helfershelferin Henriett Colan zu verhaften.

Jane hatte in dem alten Hollywoodschinken, den Keki so versonnen angesehen hatte, die Schauspielerin Maggie Railer, alias Henriett Colan erkannt.

Die Dreiecksbeziehung dieser Schmonzette, in der die damalige Hollywoodschauspielerin Maggie Railer die Hauptrolle gespielt hatte, war die Vorlage für den Mord an Roger Patton gewesen.

Janes Idee, eine Zeitung drucken zu lassen, die Harry Molder und Patricia Patton als Liebespaar abbildete und die angeblichen Aussagen der Beiden jetzt heiraten zu wollen, nachdem der Mörder Roger Pattons in Haft saß, hatte Gopal in seiner Schweigsamkeit erschüttert.

Peter Brown hatte die Aussage aufgenommen, gemeinsam mit Professor Downsand. Jane und Jack Davids hatten im Nachbarraum mitgehört.

Jener Urlaub am Mittelmeer war für Patricia Patton der Beginn eines langgehegten Planes. Sie hatte den unerfahrenen Gopal so in sich verliebt gemacht, dass er ihr die obskure Geschichte glaubte, Roger Patton würde seine Frau grausam misshandeln.

Es war Patricia nicht schwer gefallen Gopal zu verführen und ihn zu absolutem Stillschweigen zu verpflichten. Aber ihr Plan ging nicht ganz auf.

Es gelang ihr nicht, Gopal zu einem Mord an ihrem Mann zubewegen. Sie war intelligent und gerissen genug, es ihm gegenüber nicht einmal zu erwähnen, sondern als Plan B weiterhin die gedemütigte, misshandelte Ehefrau zu spielen.

Scheinbar ließ sie sich von Harry Molder Verletzungen zufügen, um sie dann dem entsetzten Gopal zu zeigen.

Schließlich plante sie den Mord an ihrem Mann sorgfältig, zusammen mit ihrem Liebhaber und dem perfekten Alibi ihrer Freundin, der integren Henriett Colan. Sie lockte Gopal in das Haus und spielte ihm eine bühnenreife Szene vor.

Ihr Mann habe, völlig betrunken, sie geschlagen, vergewaltigt und anschließend mit dem Messer bedroht. Sie habe vor ihm fliehen können, aber er holte sie ein. Dabei stolperte er und ließ das Messer fallen. Irgendwie musste sie es aufgehoben haben und als er brüllte, jetzt bringe er sie endgültig um, habe sie zugestochen.

Aus Angst jetzt ins Gefängnis zu müssen, würde sie sich lieber selbst töten als diese Schande.

Gopal, rasend verliebt und keines klaren Gedankens mehr fähig, wollte spontan die Tat auf sich nehmen.

Patricia schärft ihm ein zu schweigen.

Niemand könne ihm die Tat beweisen, wenn er schweigen würde und so, sagte sie ihm, würde man ihn schließlich mangels Beweise freilassen müssen.

Selbst wenn man ihn vor Gericht stellen würde, es gebe keine Beweise für seine Schuld.

Gopal war so naiv in seiner Liebe das er ihr alles glaubte.

Erst jetzt begriff er den ganzen perfiden Plan dahinter, auch wenn er noch nicht erfahren hatte, dass der Zeitungsartikel mit der angeblichen Heirat ein Fake war.

Aber, so dachte sich Jane, immerhin heiligte der Zweck die Mittel.

Die Story der Befreiung von Jane MacKenzie aus den Händen von Sektenanhängern machte Jack Davids faktisch über Nacht zum Superstar, zumal Jane in einem Fernsehinterview seine Rolle als Sadhu vor einem geneigten Publikum bestätigte.

Es war der Aufmacher der Woche und Jane hatte Mühe, all die Journalisten und Reporter abzuwehren. Allerdings ließ das Interesse merklich nach, als ein neuer Skandal mehr Aufmerksamkeit forderte, der Prozess gegen Patricia Patton und die Rolle, die die ehemalige Hollywoodschauspielerin Maggie Railer dabei gespielt hatte.

Jane traf Gopal Shigh und seine Schwester Keki im Hotel Savoy, wo beide eine Suite bezogen hatten.

Gopal wirkte sehr verlegen, als er sich vor Jane verneigte.

„Ich entschuldige mich aus tiefstem Herzen für das, was meine Familie ihnen angetan hat, Miss MacKenzie."

Jane ging auf ihn zu und streckte ihm die Hand entgegen.

„Jane, bitte, nennen sie mich Jane und ich nehme ihre Entschuldigung an, auch wenn sie nichts mit den Machenschaften ihrer Familie zu tun hatten."

Scheinbar erleichtert ergriff Gopal ihre Hand und schüttelte sie sanft. Keki trat an seine Seite und umarmte Jane. Dann deutete sie auf einen mit Tee und Gebäck gedeckten Tisch.

Alle nahmen Platz und Gopal wandte sich wieder an Jane.

„Ich muss ihnen auch danken für das, was sie für meine Schwester und mich getan haben…"

Jane hob ihre Hand, um ihn zu unterbrechen.

„Ich denke, wir lassen das Vergangene ruhen. Was haben sie jetzt vor?"

Während Keki den Tee einschenkte, sah sie ihren Bruder an, der ihr zunickte.

„Wir fliegen morgen zurück nach Indien, aber nicht für lange", sagte sie und lächelte etwas über Janes erstaunte Miene.

„Ich muss die familiären Angelegenheiten klären, das wird nicht leicht", sagte Gopal und ergriff die Hand seiner Schwester.

„Aber miteinander werden wir es schaffen."

Er richtete sich etwas auf und sah jetzt Jane direkt an.

„Ich werde die arrangierten Ehen für mich und auch die für Keki für nichtig erklären. Dann geht Keki auf das College zurück, allerdings hier in England."

Jane sah Keki an, die lächelte.

„Ja, wir kommen zurück. Gopal wird sein Studium in Oxford beenden und ich dort das College. Vielleicht studiere ich dann auch, wer weiß?"

Sie strahlte über das ganze Gesicht.

„Auch wenn sie es nicht hören wollen, das haben wir ihnen zu verdanken, Miss…ähm, Jane", sagte Gopal leise und Keki hauchte einen Kuss auf Janes Wange.

„Und du?", fragte sie Jane leise und diese zuckte leicht die Schultern.

„Ich fahre erst einmal nach Schottland zu…"

Keki sah sie an.

„Ich meine du und Detective Inspektor Brown?"

„Was sollte mit uns sein?"

Jane hielt unwillkürlich den Atem an.

„Er mag dich, sehr sogar," sagte Keki leise und legte Jane den Arm um die Schulter.

„Und ich glaube", sagte sie leise in ihr Ohr. „Du ihn auch. Du weißt es nur noch nicht."

Zur Autorin:

Annette G. Krupka wurde in Plauen geboren.
Sie besuchte hier die Schule, lernte Krankenschwester, studierte später Pflegemanagement, erwarb einen Masterabschluss und ist als freiberufliche Unternehmensberaterin tätig.
Heute lebt sie in einer Thüringer Kleinstadt und hat ein Fachbuch zum Thema Pflege veröffentlicht.

Die Rache der Kali ist der zweite Teil der Jane MacKenzie und Detective Inspektor Peter Brown -Reihe.
Weitere Folgen sind in Planung.

Die ehemalige FBI-Agentin Kate Schulz ermittelt in ihrer Heimatstadt Plauen. Bisher sind erschienen:
„Lebensborn", *„Golem"* *„Entführt"* *„Methusalem"* und *„Filmriss"*.
Auch hier wird es weitere Folgen geben.

Jane MacKenzie und Detective Inspektor Peter Brown
ermitteln weiter in:

Der Schmuck der Großfürstin

Dritter Fall einer Krimireihe um Peter Brown und
Jane MacKenzie

Eine reiche alte Dame wird in London ermordet und
bizarrer Weise informiert der Mörder Jane MacKenzie über jeden seiner Schritte.
Zunächst scheint ein ehemaliger Studienfreund Janes
und Neffe der alten Dame als Verdächtiger, doch als
auch dieser stirbt, setzt Jane alles daran, den wahren
Mörder zu finden.
Ein Porträt der alten Dame, auf dem sie den Schmuck
der Großfürstin Olga trägt, führt Jane über St. Peters-
burg wieder nach London.
Auf einem exklusiven Kostümball gibt sich ihr der
Mörder zu erkennen und Jane ist in seiner Gewalt.

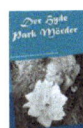

ISBN 9783750408708

Der Hyde Park Mörder: Erster Fall um Jane MacKenzie und Detektive Inspektor Peter Brown

Der Jugendfreund von Jane MacKenzie, einer jungen Amerikanerin mit englisch-schottischen Wurzeln, wird vom mysteriösen Hyde Park Mörder ermordet. Gemeinsam mit dem Kriminalpsychologen Professor Downsand versucht Jane die Hintergründe der Morde zu entschlüsseln, die sie tief in der englischen Geschichte vermutet. Sehr zum Missfall von Detective Inspektor Peter Brown, der von der Hobbydetektivin alles andere als begeistert ist. Jane hingegen setzt die Suche fort und erlebt auf dem Schlachtfeld von Culloden eine mörderische Überraschung.

ISBN: 9783748174561

Lebensborn: Erster Fall für Katherina "Kate" Schulz

Warum wurde ihre Großmutter ermordet? Katherina "Kate" Schulz, Special Agent beim FBI in Atlanta erhält einen Anruf aus Deutschland von der dortigen Polizei. Kurzentschlossen fliegt sie nach Deutschland, in ihre Heimatstadt Plauen, die sie als 15- jährige, gemeinsam mit ihren Eltern, verließ. Der Mordfall an ihrer Großmutter erweist sich als rätselhaft, zumal es kein Motiv zu geben scheint. Für Kate gibt es plötzlich noch ein anderes Rätsel, das Rätsel über ihre Familie.

ISBN: 3749481873

Golem: Zweiter Fall für Katherina "Kate" Schulz

Kate Schulz, ehemalige FBI Agentin, ist nach Deutsch-land zurückgekehrt und hat in ihrer Heimatstadt Plauen eine Detektei und Personenschutzfirma gegründet. Über mangelnde Aufträge kann sie sich nicht beklagen, was Neid bei Konkurrenten hervorruft.

Nebenbei ist sie noch immer auf der Suche nach ihren Wurzeln, denn bei ihrem ersten Besuch in Deutsch-land musste sie erfahren, dass ihre Mutter adoptiert wurde. Und ein Vermissenfall, der von der Polizei nicht als solcher gesehen wird, führte sie über den Jakobsweg nach Prag und in eine lebensgefährliche Situation.

 **ISBN: 9783749499847**

Entführt: Dritter Fall für Katherina "Kate" Schulz

Kate Schulz, ehemalige FBI Agentin, hat sich in ihrer Heimatstadt Plauen fest etabliert. Während sie langsam ihrem Familiengeheimnis et-was näher zu kommen scheint, treten die Eltern einer entführten Zehnjährigen an sie heran. Die Bedingung des Entführers: 500.000,00 Euro in bar, keine Polizei und Kate Schulz muss das Geld überbringen.
Kate bleiben 2 Minuten sich zu entscheiden.

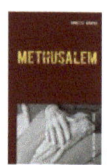 **ISBN: 9783750441101**

Methusalem: Vierter Fall für Katherina „Kate" Schulz

Kate Schulz hat ihre Pilgerfahrt beendet und ihre Entscheidungen getroffen. Als sie nach Plauen in ihre Detektei zurückkehrt, wartet ein neuer Fall auf sie. Es soll mysteriöse Todesfälle bei sehr hochaltrigen Bewohnern eines Pflegeheimes geben. Kate entschließt sich, Undercover zu ermitteln, aber wie kann sie das im Pflegebereich?
Ihre alte Schulfreundin Michaela „Michi" Heimat, Inhaberin des gleichnamigen Pflegedienstes, muss helfen.

**ISBN: 9783751917339**

Filmriss: Fünfter Fall für Katherina „Kate" Schulz

Völlig verstört und blutüberströmt taucht Elke Wildner in der Notaufnahme des Plauener Klinikums auf.
Schnell wird klar, es ist nicht ihr Blut. Es ist das Blut einer ihr völlig fremden Frau. Doch die ist tot. Erstochen mit einem Messer, das Elkes Fingerabdrü-cke trägt. Aber noch während sie im Klinikum liegt, verschwindet Elke, selbst Krankenschwester, plötzlich. Freiwillig? Während ganz Plauen unter einer Hitzewelle leidet, ermittelt die Polizei fieberhaft.
Da erhält Kate Schulz einen verzweifelten Hilferuf.